HOMMAGE À
ALBERT UDERZO

Astérix et ses Amis

SOIXANTE PLANCHES DE BD ASTÉRIX PAR TRENTE-QUATRE AUTEURS

Concept et direction artistique : BB2C Conseil
Maquette : Studio 56
Remerciements : Sandrine Lalau, Ainara Ipas, Florence Mittnacht et Marc Jallon

LES ÉDITIONS ALBERT RENÉ
26, AVENUE VICTOR HUGO 75116 PARIS.
www.asterix.com

Dépôt légal : avril 2007
Impression en avril 2007 - n° 210-5-01
ISBN 978-2-86497-210-5

Impression : Aubin Imprimeur en France   Reliure : SIRC - Groupe Desmoulière en France

Loi n° 49956 du 16 juillet 1949 sur les publications destinées à la jeunesse

Illustrateur, Jacques de LOUSTAL a dessiné, entre autres, «Le sang des voyous» (P. Paringaux), «White Sonia» (Charyn) et «Jolie mer de chine» (J.-L. Coatalem).

LOUSTAL

PRÉAM-BULLE

Lorsque nous avons imaginé créer un album hommage pour les 80 ans de mon père, rien ne me semblait acquis d'avance. Face à l'œuvre immense qu'il a inventé avec René Goscinny, nous devions proposer quelque chose d'unique, quelque chose qui lui ferait plaisir et qui le surprendrait aussi. Et qui, dans le même temps, ferait plaisir au lecteur que vous êtes. Comment étonner les deux statues de Commandeurs (que le futur leur dressera sans doute), tout en proposant une aventure qui éveille la curiosité de tous leurs millions de lecteurs à travers le monde ? Comment les amuser tous, plus un, lui, l'homme né le 25 avril 1927, Albert Uderzo ?...

Avec l'équipe des Éditions Albert René, Bernard de Choisy et moi avons vite trouvé la réponse : la meilleure ne pourrait venir que d'artistes, d'autres artistes réunis en secret pour souffler les 80 bougies. Et c'est dans un feu d'artifice de vignettes Astérix (telles que vous n'en avez jamais vues) qu'ils ont répondu. Il fallait laisser leurs multiples talents s'exercer, laisser leurs sentiments vis à vis de l'homme et de l'œuvre s'immiscer derrière les bulles ou les traits. Il fallait que leurs histoires personnelles viennent croiser et, pour un album, se mélanger avec cet incroyable univers créé en 1959 par deux extra-terrestres de la bande dessinée européenne, René Goscinny et Albert Uderzo. Et, en cette année où nous célébrerons les 30 ans de la disparition de René, c'est aussi, un livre levé à sa mémoire.

En espérant que vous vous délecterez aux planches que nous avons voulu réunir dans cet album anniversaire. Pour nous, plus bel hommage à la carrière d'Alberto Uderzo, fils d'immigrés italiens, ne pouvait être rendu... Merci aux artistes et longue vie à la BD !

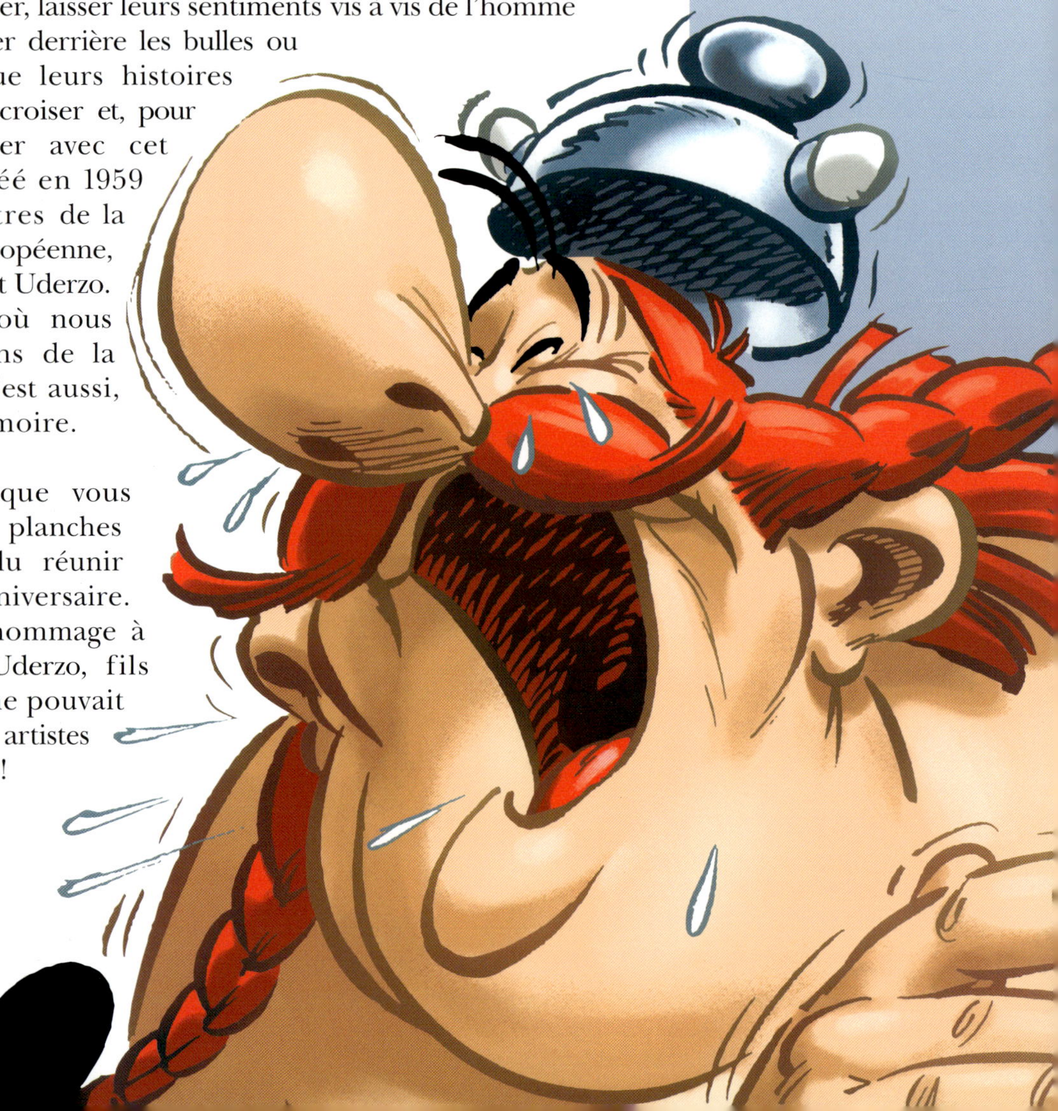

Sylvie Uderzo

GUARNIDO est le magnifique dessinateur de la série «Blacksad» avec Juan Diaz Canales. Il a de l'éducation, non ?

MIDAM

MIDAM est l'épouvantable dessinateur et scénariste du jeune Kid Paddle, fan de jeux vidéo. Scandaleusement drôle !

Note de l'éditeur

Trente-quatre **auteurs**, de cultures et d'horizons différents, ont tous voulu profiter de l'occasion pour honorer celui qu'ils considèrent, avec une toute petite poignée d'autres, comme leur Maître ou leur ami. Pour un amateur d'Astérix, cela ressemble à une fête !

Cet album, qui fait ainsi cohabiter des Astérix improbables, est un témoignage du rôle unique que cette série mythique tient et tiendra dans le Panthéon de la bande dessinée mondiale. Selon vos goûts, vous préfèrerez telle ou telle planche, mais toutes viennent bien du **code source de la bande dessinée**. Ce code source qui, un jour d'août 1959, sur un balcon de Bobigny, dans la banlieue de Lutèce, a permis à deux fils de l'immigration, **Bébert et René**, d'inventer en moins d'une heure, le plus grand succès de la BD du XXème siècle !

Cet album devrait rencontrer donc un certain succès, voire un succès certain (corrigerait l'autre Dupond) auprès de tous les amateurs. Il signifie que quand la BD s'en mêle, cet art n'a pas son pareil pour réunir les rêveurs que nous ne devrions jamais cesser d'être.

Ce succès permettra enfin de mobiliser Astérix qui sera, dès l'automne 2007, un ambassadeur très officiel au service d'une cause capitale, celle de la **défense des enfants**. L'essentiel des bénéfices de ce projet seront, en effet, destinés à soutenir le travail du **Défenseur des Enfants** en faisant notamment mieux connaître la Convention des Droits de l'Enfant (ONU).

Bon anniversaire Albert de la part des lecteurs que nous sommes tous, et merci à tous les artistes ici réunis. Pardon pour ceux que nous n'avons pas pu contacter, mais l'album est déjà bien plus épais que prévu, alors ce sera pour celui des 100 ans, d'accord ?

MOURIER & ARLESTON

ARLESTON et MOURIER, *inventeurs en 1997 de la série «Trolls de Troy», peuplée d'étranges prédateurs plutôt sympathiques mais poilus.*

DITES...
HUM?
...VOUS NE SERIEZ PAS UN GENRE DE GROS SANGLIER?
OU ALORS UN ROMAIN?
TRÈS POILU?
VOUS PARLEZ DES TYPES EN JUPETTE AVEC DES CASQUES SUR LES JOUES ET DES COUTEAUX À BEURRE POINTUS?
BEN OUI, CEUX QUI METTENT "UM" À LA FIN DES MOTS.
BADABUM, LOUKHUM, OUMKALSUM, TOUT ÇA...
JE VOIS. J'EN AI MANGÉ DEUX OU TROIS...
MANGÉS? QUELLE HORREUR!
SI VOUS LES BÂFREZ, JE N'AURAI PLUS RIEN À BAFFER!
CROUI CROUI CROUI
BZZZZZ
ET EUH... C'EST BON?
UN PETIT GOÛT D'HUILE D'OLIVE ET DE POIVRON. VENEZ TESTER, Y'EN A PLEIN QUI SE CACHENT PAR ICI...
RATÉ! AU LIEU DE S'ENTRE-TUER, ILS ONT SYMPATHISÉ!
ON DÉGAGE!
2

FIN

ZEP

Titeuf est déjà convoqué au banquet des plus grands héros de la BD. ZEP, une marque de Zeppelin parfaitement huilée !

...OU ENCORE PEUR DES PIRATES, MAIS À QUOI BON?
ÇA VA, OBÉLIX ?
ON S'OCCUPE
EN TOUS CAS, TU N'AS PLUS DE RAISON DE CRAINDRE QU'ASSURANCETOURIX NE CHANTE QUELQUE CHOSE...
ALORS? TU ES RASSURÉ, MAINTENANT? MH?
BEN...
EN FAIT, J'AI SURTOUT PEUR D'EMBRASSER UNE FILLE SUR LA BOUCHE... PAR EXEMPLE : EST-CE QUE JE DOIS METTRE MA LANGUE ?
...ET SI JE LA METS, EST-CE QU'ELLE VA ME MORDRE ?
...ET Y'A AUSSI LE PROBLÈME DE LA BAVE ...
?
PANORAMIX, Ô, NOTRE DRUIDE, IL FAUT NOUS PRÉPARER UNE NOUVELLE POTION ! UN NOUVEAU DANGER NOUS GUETTE !
...ET QUAND CE SERA PRÊT, JE POURRAI TOMBER DEDANS ?
ZEP.
fin

VANCE et VAN HAMME créent la série XIII en 1984 qui figure parmi les plus célèbres séries contemporaines. Un must !

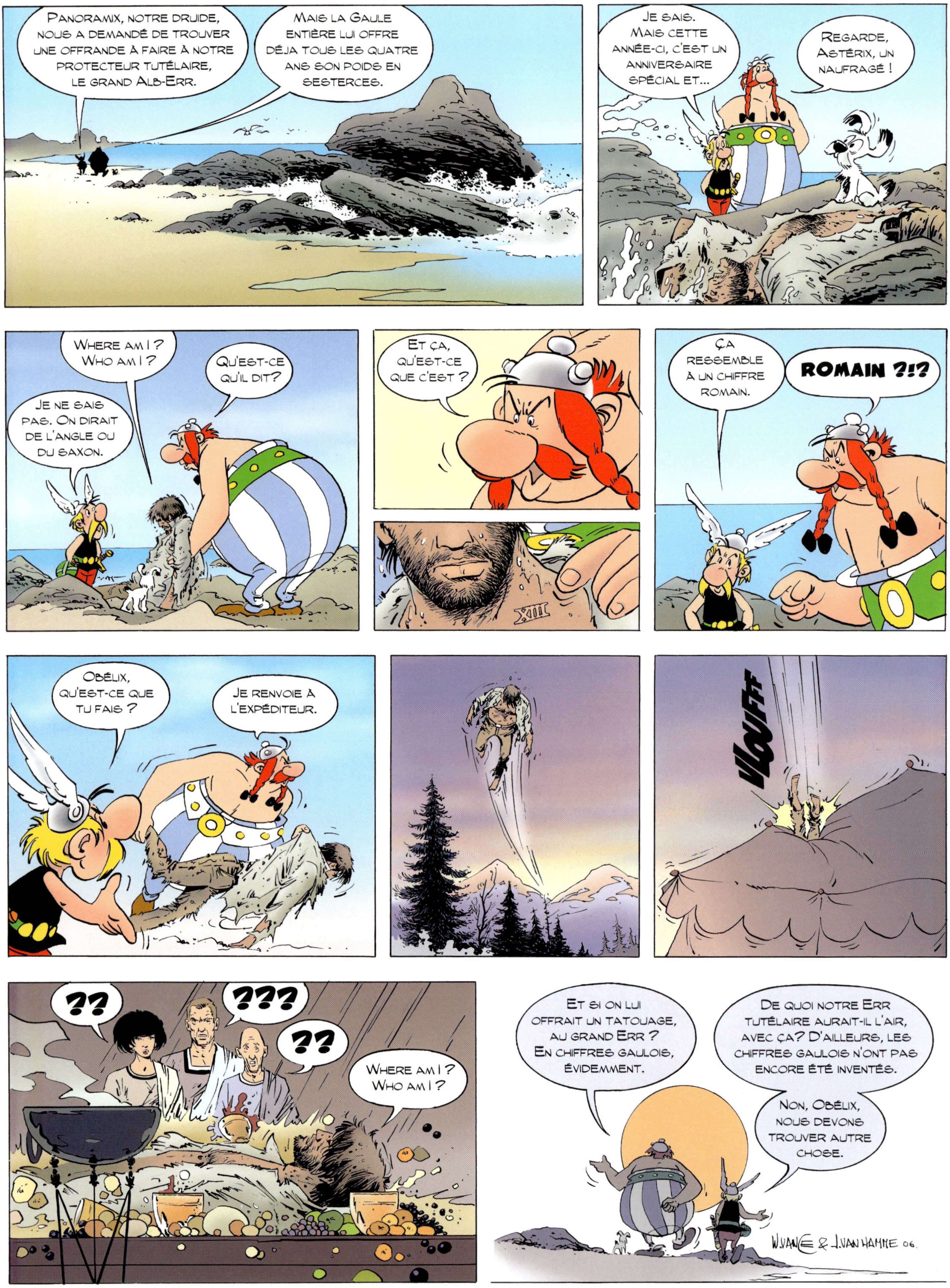

BOUCQ

COURS D'ANATOMIX

BOUCQ n'est pas manchot et présente tous les symptômes du grand depuis «Bouche du Diable» avec Charyn.

BEN, C'EST LOIN, D'ÊTRE FACILE ! VOTRE MODÈLE ME DONNE BIEN DU FIL À RETORDRE, MAÎTRE LÉONARD !...
OUI, JE VOIS ÇA
MÉFIONS-NOUS DES A PRIORI TROMPEURS, MONSIEUR MOUCHEROT, LE PERSONNAGE D'ASTÉRIX, MALGRÉ SON SEMBLANT D'ÉVIDENCE EST UN SUJET LOIN D'ÊTRE FACILE À DESSINER HÉHÉHÉ...
LE MYSTÈRE DES FORMES D'UN HÉROS À SUCCÈS NE SE LIVRE PAS COMME ÇA ! UNE APPROCHE MÉTHODIQUE, VOIRE SCIENTIFIQUE EST NÉCESSAIRE MON BON MOUCHEROT. DE LA MÉTHODE ENCORE DE LA MÉTHODE !
COMMENÇONTS PAR LE COMMENCEMENT ...
PRENONS TOUT D'ABORD LE TEMPS DE L'OBSERVATION, LAISSONS-NOUS INSPIRER PAR LE SUJET...
LAISSONS-NOUS SAISIR ! LE MODÈLE DOIT S'INFUSER EN NOUS, NOUS POSSÉDER !... LA SUBTILE HARMONIE DE L'EXCELLENCE GAULOISE VA BIENTÔT EMBRASER NOTRE ÂME JUSQU'À L'EXALTATION !...
MAIS CALMONS-NOUS HU..HUM... MAINTENANT QUE NOUS NOUS SOMMES BIEN IMPRÉGNÉS DU MODÈLE NOUS ALLONS COMMENCER À APPLIQUER NOTRE MÉTHODE
VOUS PERMETTEZ ?...
PREMIÈRE CHOSE, METTRE EN LUMIÈRE LES PROPORTIONS, SI NOUS PRENONS LA TÊTE COMME RÉFÉRENCE IL SE TROUVE ALORS QUE LA TAILLE DE NOTRE PERSONNAGE EST DE DEUX TÊTES ET DEMIE...
... C'EST CE QUI SANS DOUTE LUI DONNE CETTE DÉLICIEUSE ALLURE DE LUTIN FACÉTIEUX.
ABORDONS LE SQUELETTE : LA BOÎTE CRÂNIENNE A LA TAILLE D'UNE AMPOULE D'ASTUCE, LE MENTON PROGNATE ET VOLONTAIRE, LES ORBITES DES YEUX SONT PETITES ET RAPPROCHÉES COMME CECI...

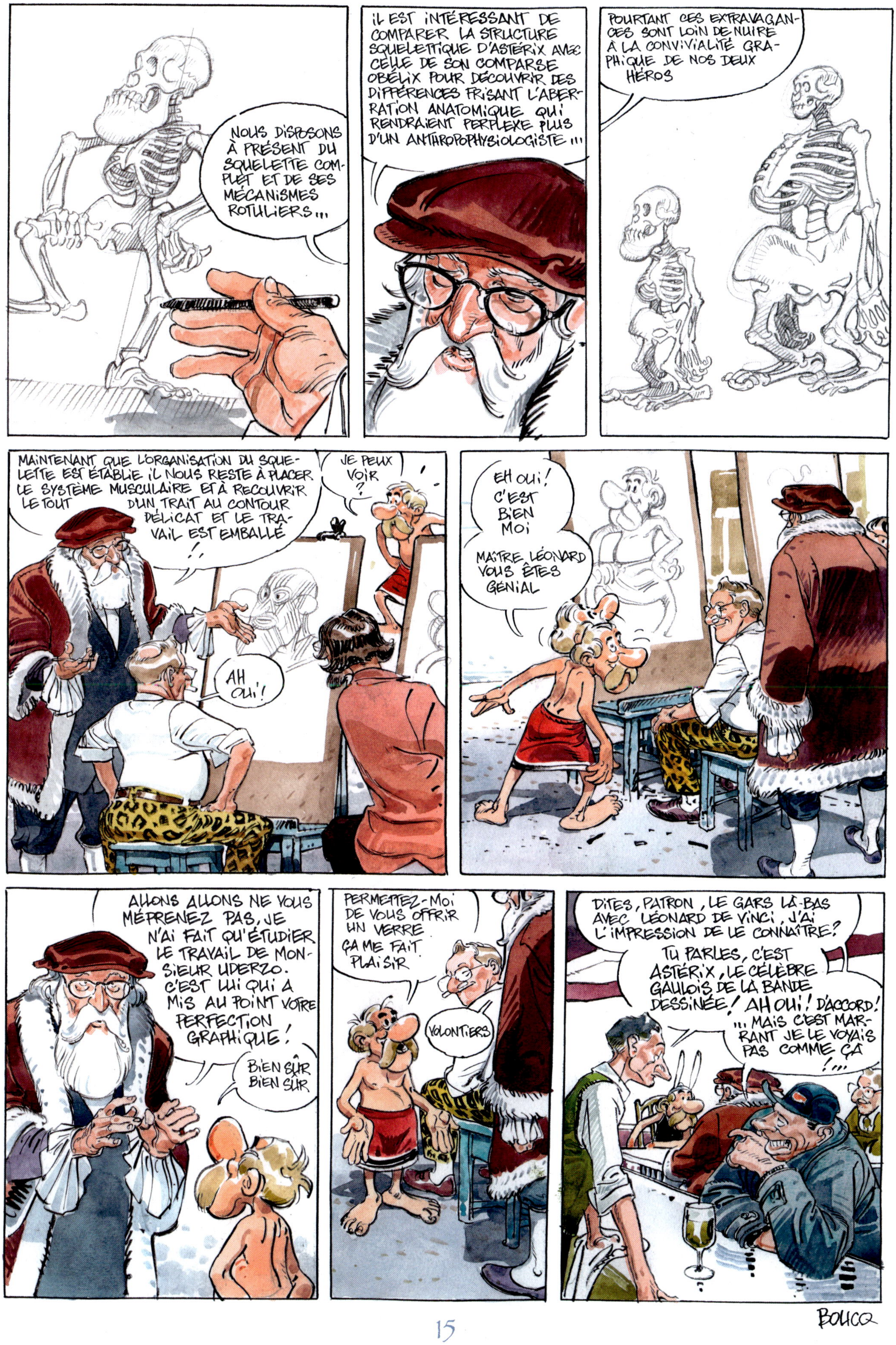
NOUS DISPOSONS À PRÉSENT DU SQUELETTE COMPLET ET DE SES MÉCANISMES ROTULIERS...
IL EST INTÉRESSANT DE COMPARER LA STRUCTURE SQUELETTIQUE D'ASTÉRIX AVEC CELLE DE SON COMPARSE OBÉLIX POUR DÉCOUVRIR DES DIFFÉRENCES FRISANT L'ABERRATION ANATOMIQUE QUI RENDRAIENT PERPLEXE PLUS D'UN ANTHROPOPHYSIOLOGISTE !!!
POURTANT CES EXTRAVAGANCES SONT LOIN DE NUIRE À LA CONVIVIALITÉ GRAPHIQUE DE NOS DEUX HÉROS
MAINTENANT QUE L'ORGANISATION DU SQUELETTE EST ÉTABLIE IL NOUS RESTE À PLACER LE SYSTÈME MUSCULAIRE ET À RECOUVRIR LE TOUT D'UN TRAIT AU CONTOUR DÉLICAT ET LE TRAVAIL EST EMBALLÉ
JE PEUX VOIR ?
AH OUI !
EH OUI ! C'EST BIEN MOI
MAÎTRE LÉONARD VOUS ÊTES GÉNIAL
ALLONS ALLONS NE VOUS MÉPRENEZ PAS, JE N'AI FAIT QU'ÉTUDIER LE TRAVAIL DE MONSIEUR UDERZO. C'EST LUI QUI A MIS AU POINT VOTRE PERFECTION GRAPHIQUE !
BIEN SÛR BIEN SÛR
PERMETTEZ-MOI DE VOUS OFFRIR UN VERRE ÇA ME FAIT PLAISIR
VOLONTIERS
DITES, PATRON, LE GARS LÀ-BAS AVEC LÉONARD DE VINCI, J'AI L'IMPRESSION DE LE CONNAÎTRE ?
TU PARLES, C'EST ASTÉRIX, LE CÉLÈBRE GAULOIS DE LA BANDE DESSINÉE !
AH OUI ! D'ACCORD ! ... MAIS C'EST MARRANT JE LE VOYAIS PAS COMME ÇA !...
BOUCQ

BARU

GARNISONS, 2000 ANS APRÈS J.-C.

BARU est, entre autres, le peu fréquentable dessinateur et scénariste de «Quéquette blues», «L'Autoroute du Soleil», «Sur la route encore», «Bonne année» et «L'enragé». Un grand !

J'EN VOIS DEUX QUI FUMENT, CHEF!
NON! PERSONNE NE FUME... T'AS RIEN VU, ET TU REMBALLES TES FOUTUES JUMELLES.
ILS FUMENT, J'VOUS DIS!
MAIS REMBALLE, J'TE...
Y A DEUX DÉLINQUANTS LÀ-BAS. ÇA VOUS DÉFRISERAIT D'ALLER LES CHERCHER ?
TIENS, V'LÀ D'LA BLEU-SAILLE...
TOUTE PROPRE, JAMAIS SERVI, PRÊTE POUR LA SÉANCE DE CLAQUES...
VOUS ALLEZ VOIR QU'Y VONT NOUS MONTRER COMMENT QU'Y FAUT FAIRE...
AFFIRMATIF, PÉQUENOT! ON Y VA, ON VOUS LES RAMÈNE...

EN ÉCHANGE, VOUS PRENEZ UNE DOUCHE, OKAY ?
ÇA MARCHE, KADERIX, Y A UN FOURGON QUI S'POINTE!
IMPEC', VA PRÉVENIR LES AUTRES...
MAIS POURQUOI ? Y A QU'UN PETIT FOURGON DE RIEN DU TOUT... À PEINE ASSEZ POUR NOUS DEUX...
NE SOIS PAS ÉGOÏSTE, ABDELIX... VA CHERCHER LES AUTRES!
Y A LE GROS... QUAND LES CASQUES VOLENT JUSQU'ICI, C'EST QU'IL Y A LE GROS...
DITES, VOUS AURIEZ PAS BESOIN D'UN QUATRIÈME, DES FOIS ?

FIN

ROSINSKI et VAN HAMME ont créé Thorgal en 1976 ! Série culte des âges farouches...

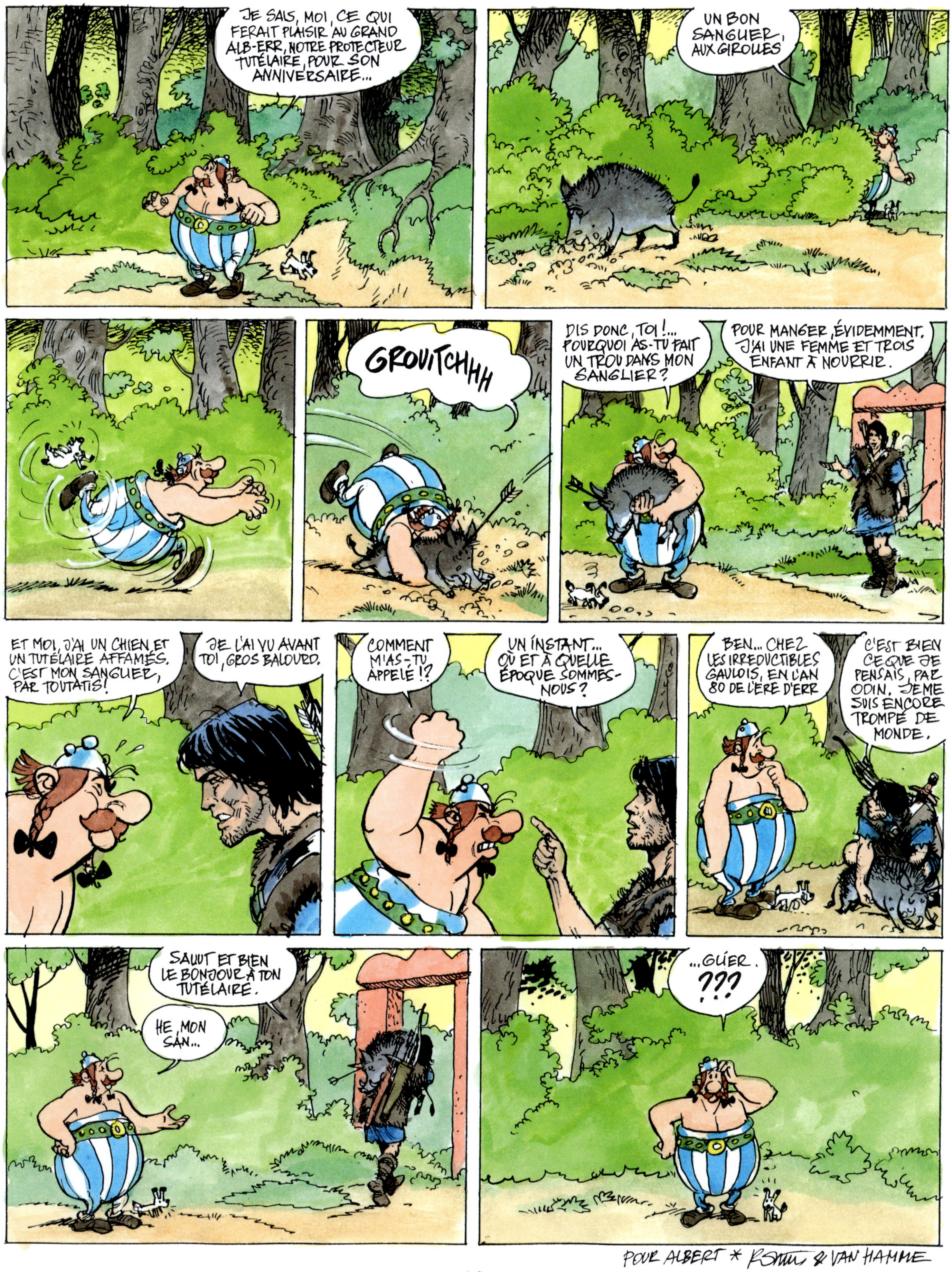

MANARA

MANARA est principalement connu pour ses dessins de jolies filles. Il a collaboré avec des personnalités telles que Federico Fellini et Hugo Pratt. Benvenuto, Signore !

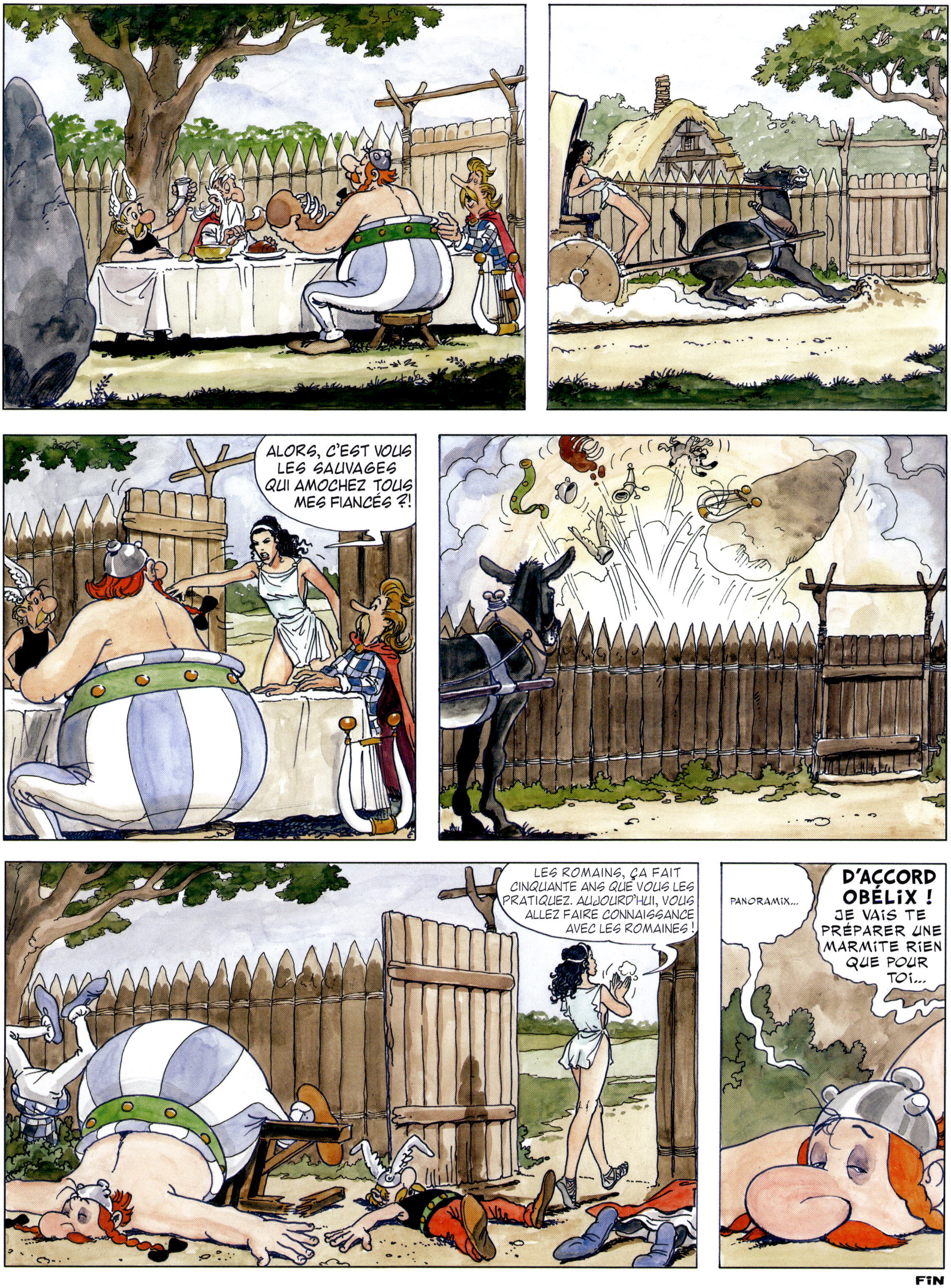
ALORS, C'EST VOUS LES SAUVAGES QUI AMOCHEZ TOUS MES FIANCÉS ?!
LES ROMAINS, ÇA FAIT CINQUANTE ANS QUE VOUS LES PRATIQUEZ. AUJOURD'HUI, VOUS ALLEZ FAIRE CONNAISSANCE AVEC LES ROMAINES !
PANORAMIX...
D'ACCORD OBÉLIX ! JE VAIS TE PRÉPARER UNE MARMITE RIEN QUE POUR TOI...
FIN

L'AUTRE OBÉLIX

TURF

Après avoir travaillé dans l'animation, TURF, scénariste et dessinateur, est connu principalement pour sa série ineffable et ubuesque «La nef des fous» !

MON FRÈRE IL EST CÉLIBATAIRE;
MOI, JE L'AI ÉTÉ AU DÉBUT!...
PAPOUNET!
MON FRÈRE IL AIME BIEN DONNER DES BAFFES AUX PIRATES.
MOI, DANS MON VILLAGE, DES PIRATES, IL N'Y EN A PAS!
MON FRÈRE IL TAPE SUR TOUS LES ROMAINS QU'IL TROUVE.
MOI, AUX ROMAINS, JE LEUR DIS:
AVÉ!
MON FRÈRE... IL NE PARLE PAS DE MOI DANS SES AVENTURES.
C'EST PARCE QU'IL A UN PEU HONTE DE MOI...
?
JE SUIS GALLO-ROMAIN.
MAIS DE TEMPS EN TEMPS, IL M'ENVOIE UN MENHIR POUR ME DIRE QUE TOUT VA BIEN ET QU'IL PENSE À MOI!
MERCI, FRÉROT!
FIN

WALTHÉRY

WALTHÉRY est le savoureux père de Natacha, la dernière hôtesse de l'air sexy qui ne fait pas ses 40 ans !

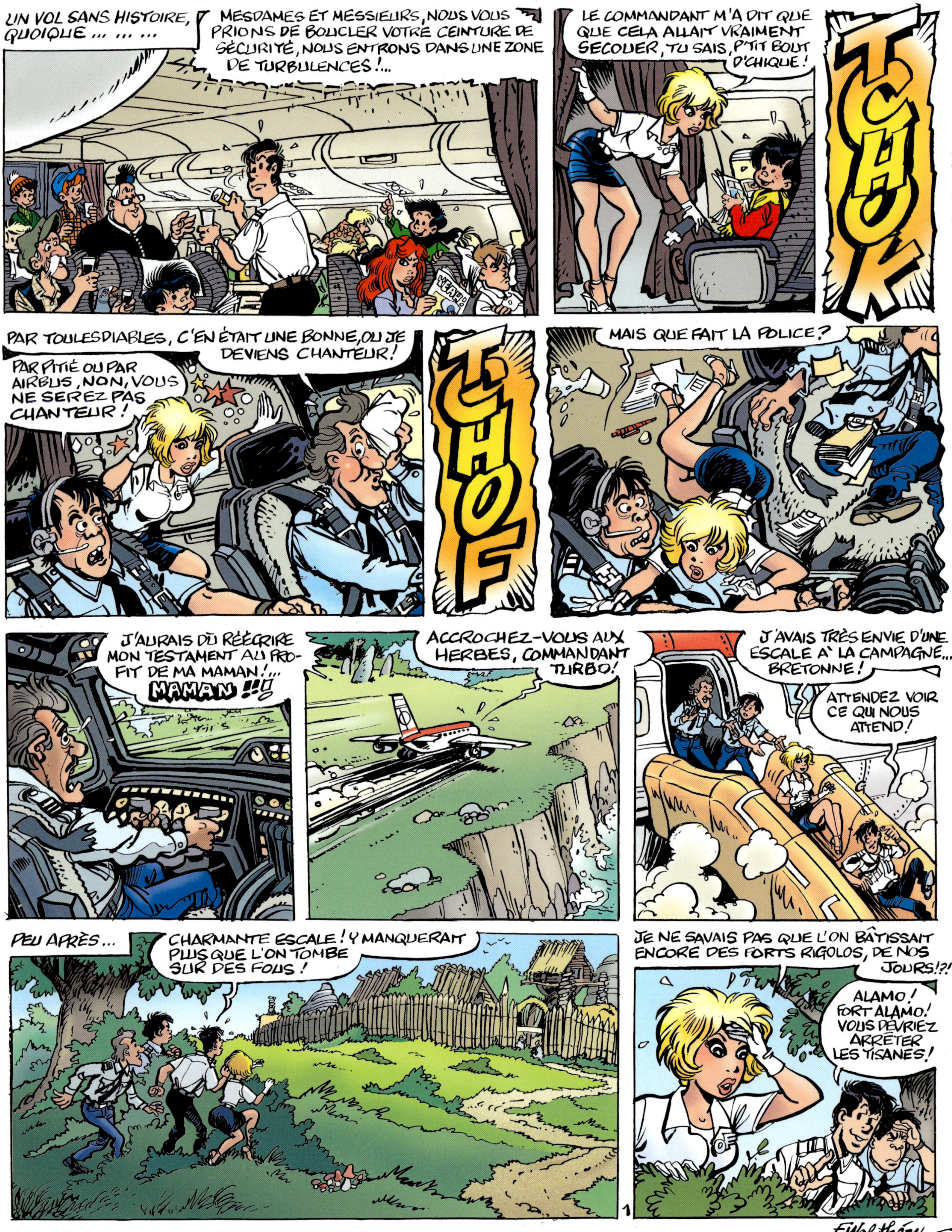

ORDRALFABÉTIX
HÉ! C'EST QUOI, CES OSTROGOTHS, MA DOUCE?...
?
HM! BONJOUR, NOUS AVONS DÛ POSER NOTRE AVION EN CATASTROPHE,... AURIEZ-VOUS DU KÉROSÈNE, ET... UN FASTFOOD, DANS LE COIN?!?
?
C'EST UN PARC D'ATTRACTIONS, OU BIEN?...
BEN?
C'EST QUOI, UN FASSEFOUDE?
SI VOUS CHERCHEZ KÉROSÈNE, VOUS AVEZ ENCORE DU CHEMIN À FAIRE, N'EST-CE PAS, OBÉLIX?...
AH, BONJOUR OBÉLISQUE! MOI, JE M'APPELLE NATACHA!...
ET JE SUIS HÔTESSE DE L'AIR!
'JOUR, ATACHAA!
VOUS TOMBEZ BIEN, C'EST SON ANNI-VERSAIRE!
C'EST UN NOUVEL UNIFORME ROMAIN!... C'EST À GOUDURIX QUE ÇA IRAIT BIEN...
EUH...
VOUS AVEZ ESSAYÉ L'UNI? EN PANTALON CELA VOUS IRAIT BIEN!
2
ET...
AAATAACHA!
MY NAME IS ALBERT! ALBERT UDERZO!
F. Walthéry 07 + EMÉBÉ
AVEC LES COMPLIMENTS DE MARSU PRODUCTIONS ET FRANÇOIS WALTHÉRY, CHER ALBERT!

LAUDEC est le dessinateur du malin et célèbre petit garçon Cédric imaginé avec CAUVIN.

LAUDEC & CAUVIN

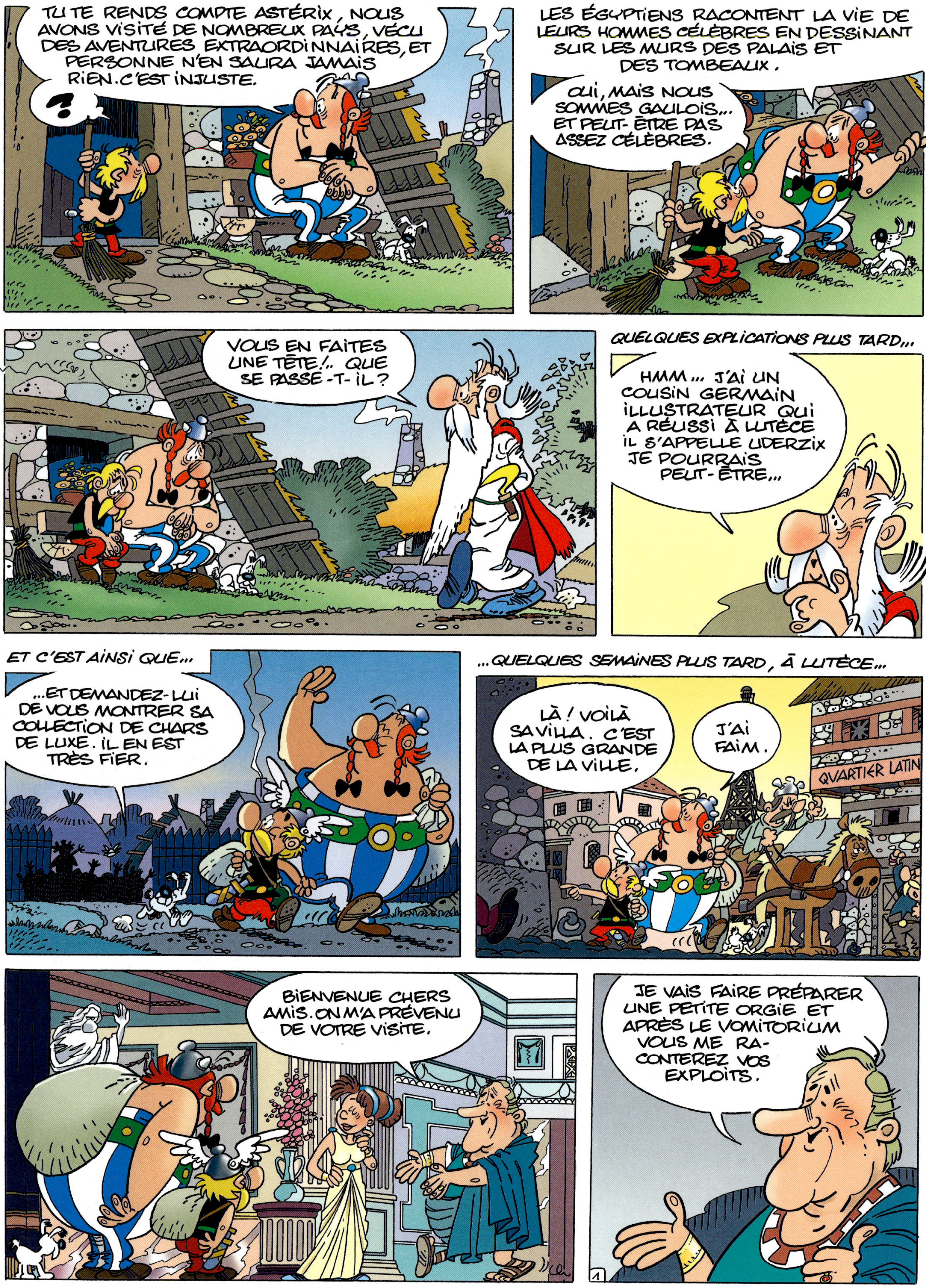

ÇA, C'EST GOSCINNUSIX, MON AMI ET COLLABORATEUR. IL M'A QUITTÉ IL Y A LONGTEMPS POUR ALLER REJOINDRE LE DOMAINE DES DIEUX. DEPUIS, JE ME DÉBROUILLE SEUL.
MA BIBLIOTHÈQUE. IL Y A LÀ TOUTES MES OEUVRES. LA FAMILLE MOUTONNUS, TANGUYX ET LAVERDUS, OUMPAHPIX ET BIEN D'AUTRES.
MAI 68 AV. J.C.
C'EST BIEN BEAU, MAIS MOI, JE MANGERAIS BIEN QUELQUES SANGLIERS.
JE SERAI TRÈS HEUREUX D'Y AJOUTER LE RÉCIT DE VOS AVENTURES.
QUELQUES MOIS PLUS TARD...
C'EST POUR LA LIVRAISON DE VOS ALBUMS. DANS LE PORT, IL Y A ENCORE 25 TRIRÈMES QUI DOIVENT ÊTRE DÉCHARGÉES.
LE SOIR VENU, C'EST DANS L'HILARITÉ GÉNÉRALE QUE LES GAULOIS FÊTENT LA SORTIE DES ALBUMS.
HI HI HI
HAHA HOHO
HOHO
HAHA HA
HOHO
HAHA
TU VOIS CÉDRIX... EUH... CÉDRIC, C'EST GRÂCE À UDERZIX, QUE DEPUIS CE JOUR-LÀ NOUS POUVONS LIRE, LES AVENTURES D'ASTÉRIX LE GAULOIS
PUISQUE JE VOUS DIS QUE JE NE VEUX PAS CHANTER ! JE VEUX JUSTE EN LIRE QUELQUES UNS !
CAUVIN
COUL: LEONARDO
SCÉN & DESSINS
Laudec
FIN

ACHDÉ & GERRA

Laurent GERRA est un célèbre contrefacteur (Chirac, Giscard, Johnny...). Achdé en est un autre. De grands talents pour Lucky Liouk !

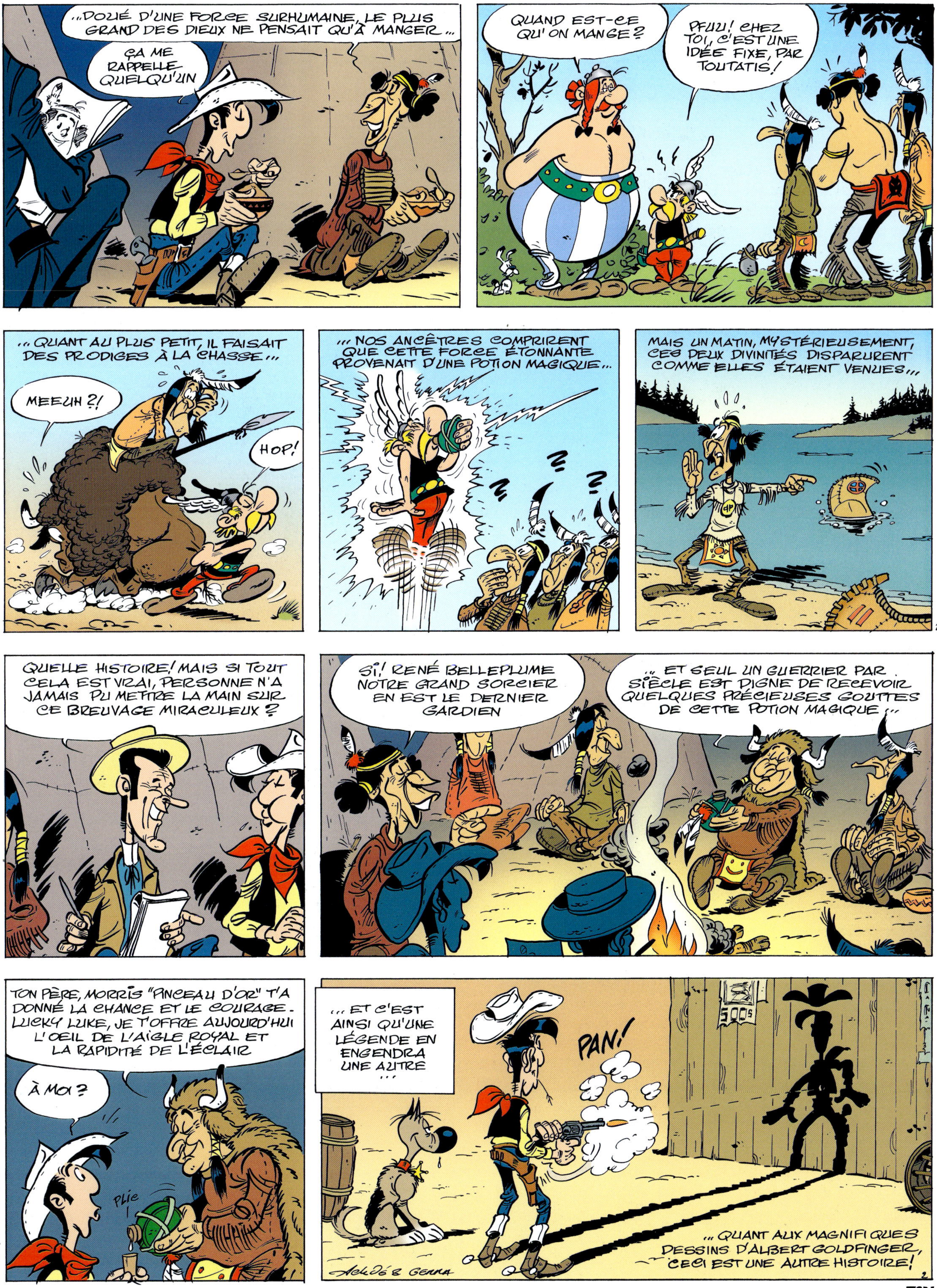
...DOUÉ D'UNE FORCE SURHUMAINE, LE PLUS GRAND DES DIEUX NE PENSAIT QU'À MANGER...
ÇA ME RAPPELLE QUELQU'UN
QUAND EST-CE QU'ON MANGE ?
PFUU ! CHEZ TOI, C'EST UNE IDÉE FIXE, PAR TOUTATIS !
...QUANT AU PLUS PETIT, IL FAISAIT DES PRODIGES À LA CHASSE...
MEEUH ?!
HOP !
...NOS ANCÊTRES COMPRIRENT QUE CETTE FORCE ÉTONNANTE PROVENAIT D'UNE POTION MAGIQUE...
MAIS UN MATIN, MYSTÉRIEUSEMENT, CES DEUX DIVINITÉS DISPARURENT COMME ELLES ÉTAIENT VENUES...
QUELLE HISTOIRE ! MAIS SI TOUT CELA EST VRAI, PERSONNE N'A JAMAIS PU METTRE LA MAIN SUR CE BREUVAGE MIRACULEUX ?
SI ! RENÉ BELLEPLUME NOTRE GRAND SORCIER EN EST LE DERNIER GARDIEN
... ET SEUL UN GUERRIER PAR SIÈCLE EST DIGNE DE RECEVOIR QUELQUES PRÉCIEUSES GOUTTES DE CETTE POTION MAGIQUE...
TON PÈRE, MORRIS "PINCEAU D'OR" T'A DONNÉ LA CHANCE ET LE COURAGE. LUCKY LUKE, JE T'OFFRE AUJOURD'HUI L'OEIL DE L'AIGLE ROYAL ET LA RAPIDITÉ DE L'ÉCLAIR
À MOI ?
PLIC
... ET C'EST AINSI QU'UNE LÉGENDE EN ENGENDRA UNE AUTRE ...
500$
PAN !
... QUANT AUX MAGNIFIQUES DESSINS D'ALBERT GOLDFINGER, CECI EST UNE AUTRE HISTOIRE !
Achdé & GERRA

FIN

BELTRAN

Après «Le ventre du Minotaure», BELTRAN atteint les étoiles avec la série des «Technopères» et «Mégalex», scénarisé par le docteur Jodorowski.

FINALEMENT, UN MATIN...
ON AURAIT LE TEMPS D'EN MANGER UN PETIT DERNIER...
TU NE CROIS PAS QUE TU ES ASSEZ GROS COMME ÇA ?
QUI EST GROS ?!?
CESSEZ DE VOUS CHAMAILLER ! PENSEZ PLUTÔT À CE CURIEUX MESSAGE QUI NOUS DONNE RENDEZ-VOUS EN PLEINE FORÊT...
LA BELLE EFFIGIE FIT SANS EN AVOIR CONSCIENCE CE DONT RÊVAIENT DEPUIS TOUJOURS LES ROMAINS : BRISER LA RÉSISTANCE DES "IRRÉDUCTIBLES GAULOIS"
!
PLONGEANT LES "MENEURS" DANS L'ADDICTION...
... SANS MÊME L'INTERVENTION DE CUPIDON ...
BELTRAN 07
FIN

CARRÈRE

De sensibilité franco-belge, le toulousain Serge CARRÈRE, coupable de «Léo Loden» et «Private Ghost», n'a pas dit son dernier mot !

BIENVENUE PARMI NOUS! NOUS SOMMES HEUREUX DE VOUS ACCUEILLIR AU VILLAGE, MON CHER UDERZO!... ET AVANT LE BANQUET, ASSURANCETOURIX VA EXCEPTIONNELLEMENT CHANTER EN VOTRE HONNEUR!
...NIVERSAIRE ALBERT
C'EST AFFREUX!
C'EST IGNOBLE!
C'EST ÉPOUVANTABLE!
C'EST INCROYABLE!
MAIS?! COMMENT FAITES-VOUS POUR SUPPOR...
ATTENDEZ!
PLOP!
PLOP!
VOUS DISIEZ?
AH MÔSSIEU ASTÉRIX SAIT TOUT!
MÔSSIEU ASTÉRIX A TOUJOURS RAISON!
MAIS, OBÉLIX, JE NE POUVAIS PAS SAVOIR...
CESSE DE BOUDER, ET VIENS AU MOINS POUR LUI!
BON ANNIVERSAIRE ALBERT
2
S. CARRÈRE 08.

BRÖSEL

Célèbre dessinateur allemand, BRÖSEL a créé en 1978 le personnage de Werner, héros déjanté qui connaît la gloire en Allemagne.

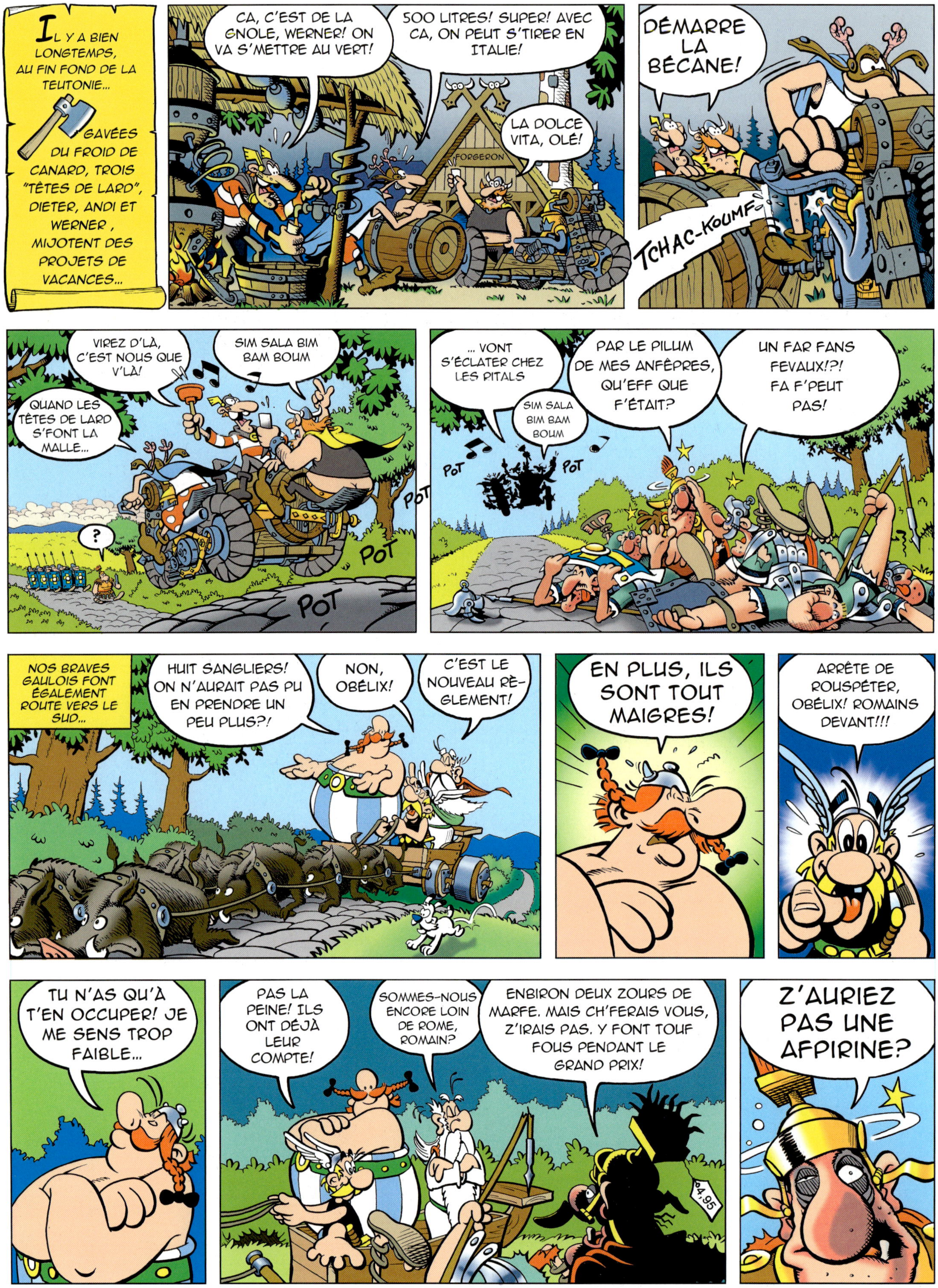

COMME CHAQUE ANNÉE, LA VILLE ÉTERNELLE EST EN PROIE À LA FIÈVRE DU GRAND PRIX.
LES MEILLEURS CONSTRUCTEURS DE CHARS DE L'EMPIRE VONT S'AFFRONTER SUR LA PISTE DU CIRCUS MAXIMUS.
PAS DE BOL, GIANNUS TODDUS!
QU'Y A-T-IL, ROSSUS BRAUNUS?
CE M'AS-TU-VU DE FLAVIUS BRIATORUS NOUS A ENCORE PIQUÉ LA POLA POSITIO !
TIENS! UNE AUBERGE! ON VA S'EN JETER UN!
CIRCULEZ! VOICI LE GRAND CÉSAR ET BERNARDUS ECCLESTONUS, LE DIRECTEUR DE LA COURSE!
ACCÈS AUX ST LLES
LULU PANARD
AUBERGE DU CIRQUE
SCUDERIA ENZUS FERRARUS
TATARATAAA
SPQR
PAP PAP PAP PAP
ÇA VAUT AUSSI POUR VOUS, LES TÊTES DE LARD! VOUS ATTENDEZ UNE INVITATION PRIVÉE OU QUOI?! DÉGAGEZ VOTRE CARRIOLE!
HEIN?!
TIC TIC
GNISS
SPQR
CARRIOLE?! FAIS GAFFE À C'QUE TU DIS, ROMAIN! C'EST UNE MOTO DE COURSE HAUTE TECHNOLOGIE!
UNE QUOI DE COURSE? VOUS NE CROYEZ TOUT DE MÊME PAS COURIR LE GRAND PRIX AVEC CETTE CHARRUE ?
CHICHE! ON VA S'ÉCLATER! ET QU'EST-CE QU'ON GAGNE?
GAGNER? TU RÊVES! AVEC UN PAREIL MONSTRE À TIRER, VOS CHEVAUX NE SONT PAS ARRIVÉS!
NOUS, ON N'A PAS BESOIN DE BOURRINS. LA MEULE AVANCE TOUTE SEULE!

TOUTE SEULE? SANS CHEVAUX?! CONTRE LES MEILLEURS AURIGES DE ROME?! JE VOUDRAIS BIEN VOIR ÇA!
SI JE PUIS ME PERMETTRE, Ô CÉSAR, SANS CHEVAUX, C'EST CONTRAIRE AU RÈGLEMENT.
?
TON RÈGLEMENT, TU PEUX T'ASSEOIR DESSUS, BERNARDUS ECCLESTONUS! JE VEUX VOIR CES TROIS TÊTES DE LARD MORDRE LA POUSSIÈRE DANS L'ARÈNE!
?
JE VOUS PRENDS AU MOT! VOUS COUREZ DEMAIN MATIN, SANS CHEVAUX! ET JE VEUX BIEN MANGER MA COURONNE DE LAURIER SI VOUS GAGNEZ!
BON APPÉTIT, MEC!
HI HI!
LE LENDEMAIN, À L'AUBERGE DU CIRQUE, TOUS LES CHAMPIONS SONT LÀ...
À EN... ENJUS PER... PERRARUS, ERK! LE MEILLEUR AURIZE DU M... DU MONDE!
POUVONS-NOUS NOUS JOINDRE À VOUS, MESSIEURS?
J'Y CROIS PAS! LES INVINCIBLES GAULOIS DONT ON CAUSE DANS TOUT L'EMPIRE!
OUAIS! C'EST VOUS ALORS...!!
ET VOUS, VOUS ÊTES LES TÊTES DE LARD QUI COUREZ SANS ATTELAGE?!
QUELLE EST VOTRE FORMULE SECRÈTE?
IL ÉTAIT UNE FOIS DANS NOTRE VILLAGE, AU SOLSTICE D'HIVER, UN FORGERON QUI N'ARRIVAIT PAS À DORMIR QUAND IL EUT UNE ILLUMINATION...
BINGO!
!?
IL CONSTRUISIT UN VÉHICULE QU'IL REMPLIT DE JUS DE BETTERAVES!
SON MACHIN EST PARTI À TOUTE BLINDE!
TRÈS INTÉRESSANT! POURRIONS-NOUS JETER UN COUP D'OEIL À CE VÉHICULE?
ÇA ROULE, MEC!
TOUS LES AURIGES AU DÉPART!
OÙ EST PASSÉ DIETER?
NON!!

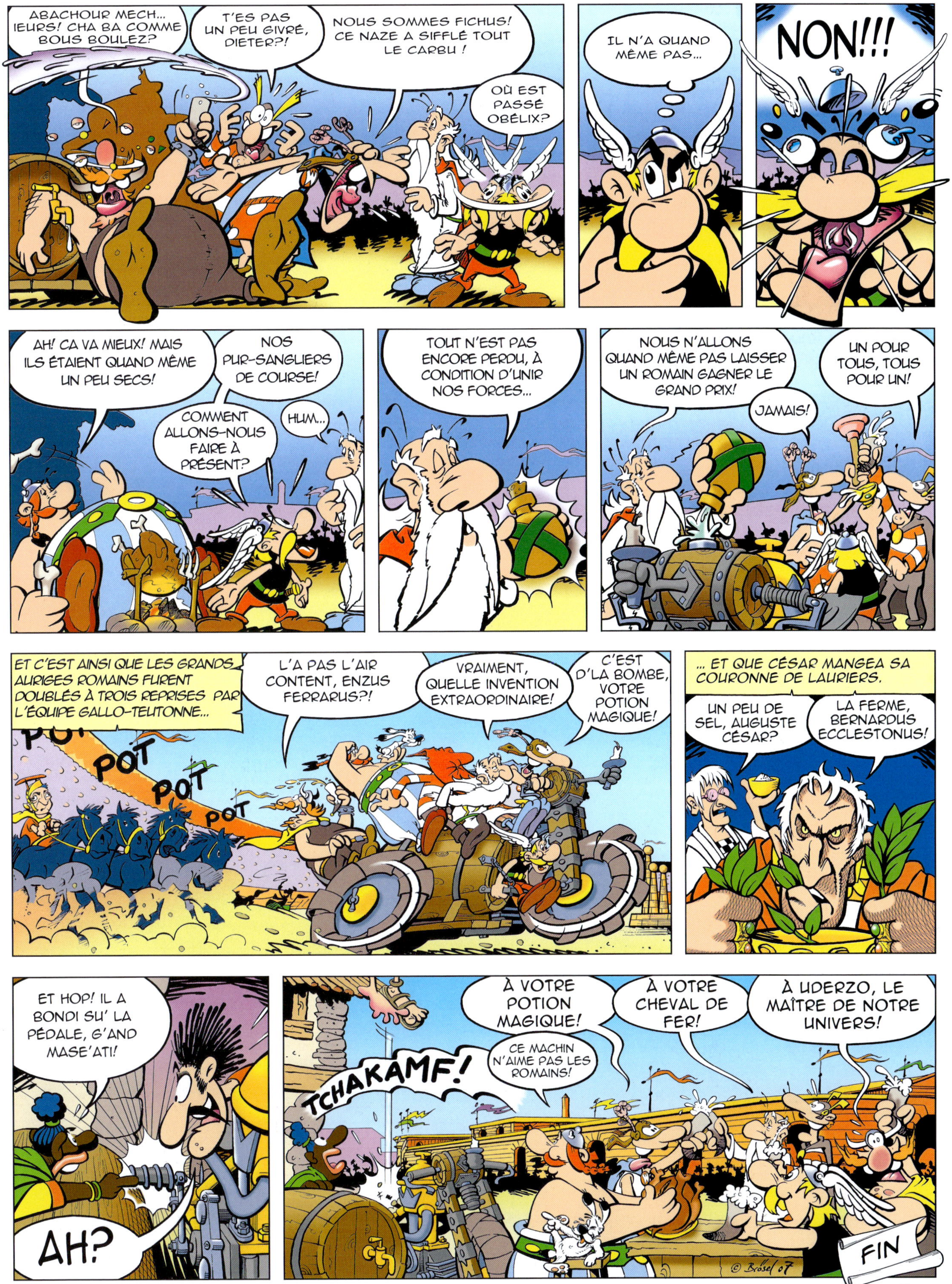
ABACHOUR MECH... IEURS! CHA BA COMME BOUS BOULEZ?
T'ES PAS UN PEU GIVRÉ, DIETER?!
NOUS SOMMES FICHUS! CE NAZE A SIFFLÉ TOUT LE CARBU !
OÙ EST PASSÉ OBÉLIX?
IL N'A QUAND MÊME PAS...
NON!!!
AH! ÇA VA MIEUX! MAIS ILS ÉTAIENT QUAND MÊME UN PEU SECS!
NOS PUR-SANGLIERS DE COURSE!
COMMENT ALLONS-NOUS FAIRE À PRÉSENT?
HUM...
TOUT N'EST PAS ENCORE PERDU, À CONDITION D'UNIR NOS FORCES...
NOUS N'ALLONS QUAND MÊME PAS LAISSER UN ROMAIN GAGNER LE GRAND PRIX!
JAMAIS!
UN POUR TOUS, TOUS POUR UN!
ET C'EST AINSI QUE LES GRANDS AURIGES ROMAINS FURENT DOUBLÉS À TROIS REPRISES PAR L'ÉQUIPE GALLO-TEUTONNE...
L'A PAS L'AIR CONTENT, ENZUS FERRARUS?!
VRAIMENT, QUELLE INVENTION EXTRAORDINAIRE!
C'EST D'LA BOMBE, VOTRE POTION MAGIQUE!
POT
POT
POT
... ET QUE CÉSAR MANGEA SA COURONNE DE LAURIERS.
UN PEU DE SEL, AUGUSTE CÉSAR?
LA FERME, BERNARDUS ECCLESTONUS!
ET HOP! IL A BONDI SU' LA PÉDALE, G'AND MASE'ATI!
AH?
TCHAKAMF!
À VOTRE POTION MAGIQUE!
CE MACHIN N'AIME PAS LES ROMAINS!
À VOTRE CHEVAL DE FER!
À UDERZO, LE MAÎTRE DE NOTRE UNIVERS!
FIN
© Brösel 07

JIDÉHEM

JIDÉHEM a assisté Franquin pour plusieurs séries et a collaboré à Gaston Lagaffe dès 1960. Il a d'ailleurs prêté son véritable nom au fameux De Mesmaeker !

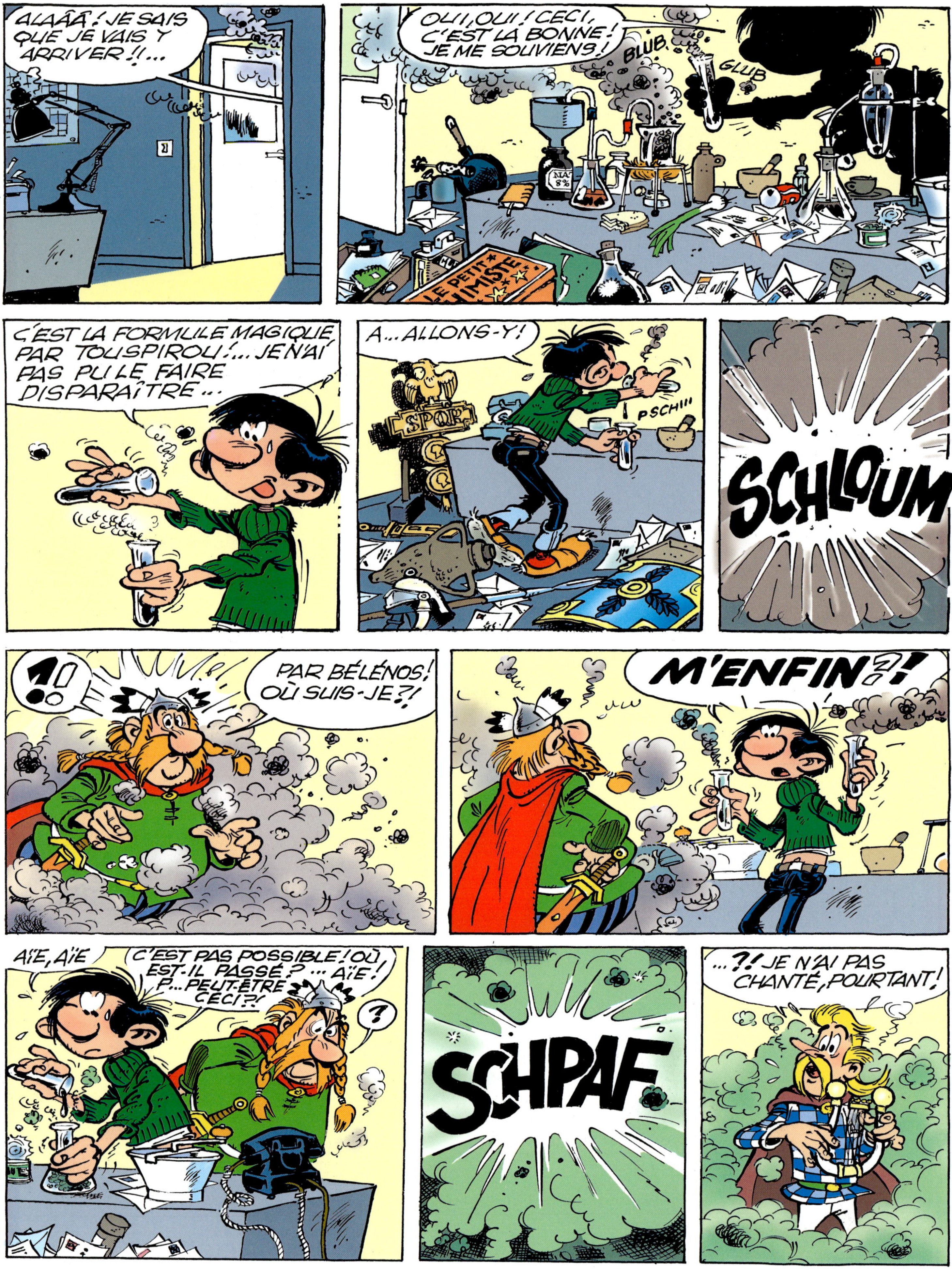

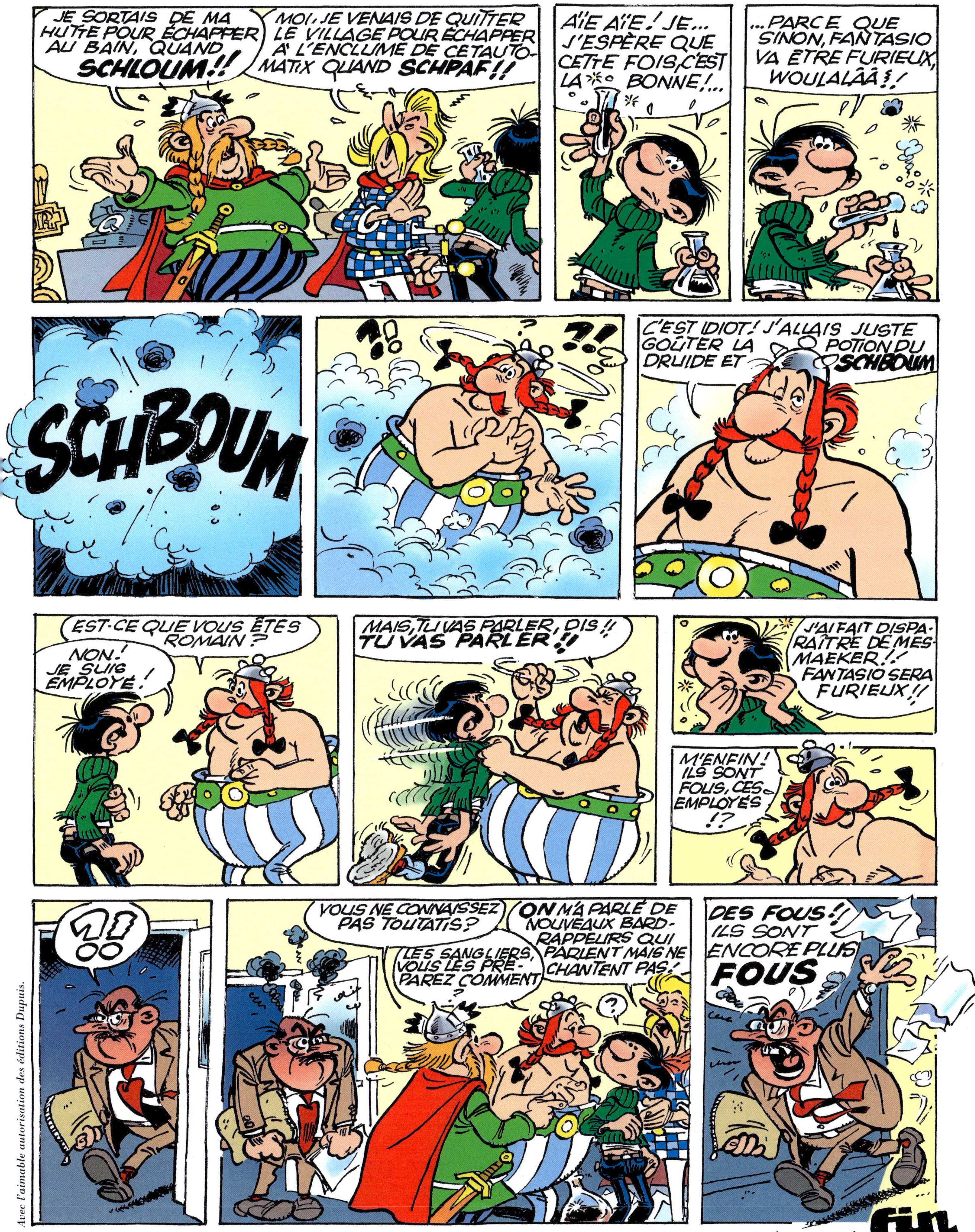

SUR UN SCÉNARIO DE EMÉBÉ... ...ET DES DESSINS DE Jidéhem et Franquin

DANY

DANY est créateur d'Olivier Rameau imaginé avec GREG en 1968. Talent au service de la beauté féminine, pas vrai ?...

N'EMPÊCHE, REGARDE COMME IL A L'AIR HEUREUX !...
OUAIS ! C'EST CURIEUX, D'HABITUDE, ILS NE SONT PAS AUSSI CONTENTS QU'ON LEUR TAPE DESSUS...
J'AIMERAIS BIEN SAVOIR MOI, CE QUI LE REND SATISFAIT COMME ÇA ?...
AH OUI ! MAIS POUR ÇA, IL FAUDRAIT QUE CE SOIT LUI QUI T'ASSOMME. CE N'EST PAS ÉVIDENT.
ON VA ESSAYER. ALLEZ, ROMAIN. ASSEZ DORMI. J'AI BESOIN DE TOI.
C'EST TOUT DE MÊME ÉTRANGE. OU BIEN, C'EST CE ROMAIN QUI EST DIFFÉRENT, OU BIEN, C'EST CE COIN DE FORÊT QUI A DES EFFETS PARTICULIERS...
VAS-Y, ROMAIN, ASSOMME-MOI !
?
BONG !
OUAIIIILLAILLE !!!...
?
ON N'Y ARRIVERA PAS COMME ÇA !... HEU !... DIS, ASTÉRIX, TU POURRAIS PRENDRE UN PEU DE POTION MAGIQUE ET...
AH NON ! ...
AIE ! AIE !
... PAS QUESTION QUE JE TAPE SUR TOI, JE...
?
DING ! DING ! DING !
BONJOUR JEUNES GENS. JE VOUS EMMÈNE ?
DING DING
OÙ ON VA ?
À RÊVEROSE, TIENS ! OLIVIER RAMEAU ET COLOMBE VOUS Y ATTENDENT !...
OLIVIER ! COLOMBE ! RÊVEROSE ! JE VEUX Y RETOURNER AVEC VOUS !
RÊVEROSE ! C'EST LÀ OÙ JE ME SUIS RETROUVÉ QUAND VOUS M'AVEZ ASSOMMÉ ! QUEL BONHEUR ! VOUS ALLEZ VOIR : C'EST UN ENDROIT VRAIMENT EXTRAORDINAIRE...
2

C'EST VRAI QUE C'EST JOLI PAR ICI, HEIN, ASTÉRIX? SI ON PEUT Y TROUVER DES ROMAINS ET DES SANGLIERS, ON Y REVIENDRA.
OUI, MAIS JE ME DEMANDE BIEN OÙ CE CHAR BIZARRE NOUS CONDUIT...
MESSIEURS, HALLUCINAVILLE! CAPITALE ET INTÉRÊT DU BEAU PAYS DE RÊVEROSE!
TARATATA ZOIN ZOIN
BOUM BOUM
TCHING TCHING
ASTÉRIX, OBÉLIX, BIENVENUE À RÊVEROSE!...
QUEL ACCUEIL CHARMANT! MERCI, ET... ON PEUT VENIR VOUS REJOINDRE QUAND ON VEUT?
BIEN SÛR! IL Y A TELLEMENT DE POSSIBILITÉS DE RÊVE ET D'ÉVASION DANS VOTRE FANTASTIQUE UNIVERS, ASTÉRIX ET OBÉLIX, QUE C'EST TRÈS FACILE POUR VOUS, ET CE N'EST PAS NÉCESSAIRE DE SE TAPER DESSUS, IL SUFFIT DE RÊVER!
JE PRÉFÈRE.
...ICI, À RÊVEROSE, TOUS VOS RÊVES SE RÉALISENT, IL FAUT SEULEMENT UN PEU D'IMAGINATION, HEIN, OBÉLIX?
ASTÉRIX, ÇA MARCHE!
3
ASTÉRIX ET OBÉLIX, EUX AUSSI, ME FONT BEAUCOUP RÊVER! MERCI, ALBERT!... ET BON ANNIVERSAIRE. AVEC TOUTE MON AMITIÉ.

FIN DANY

CUZOR

CUZOR est responsable de la série «Black Jack», et du dessin du 3ème tome de «Quintett». Attention talent.

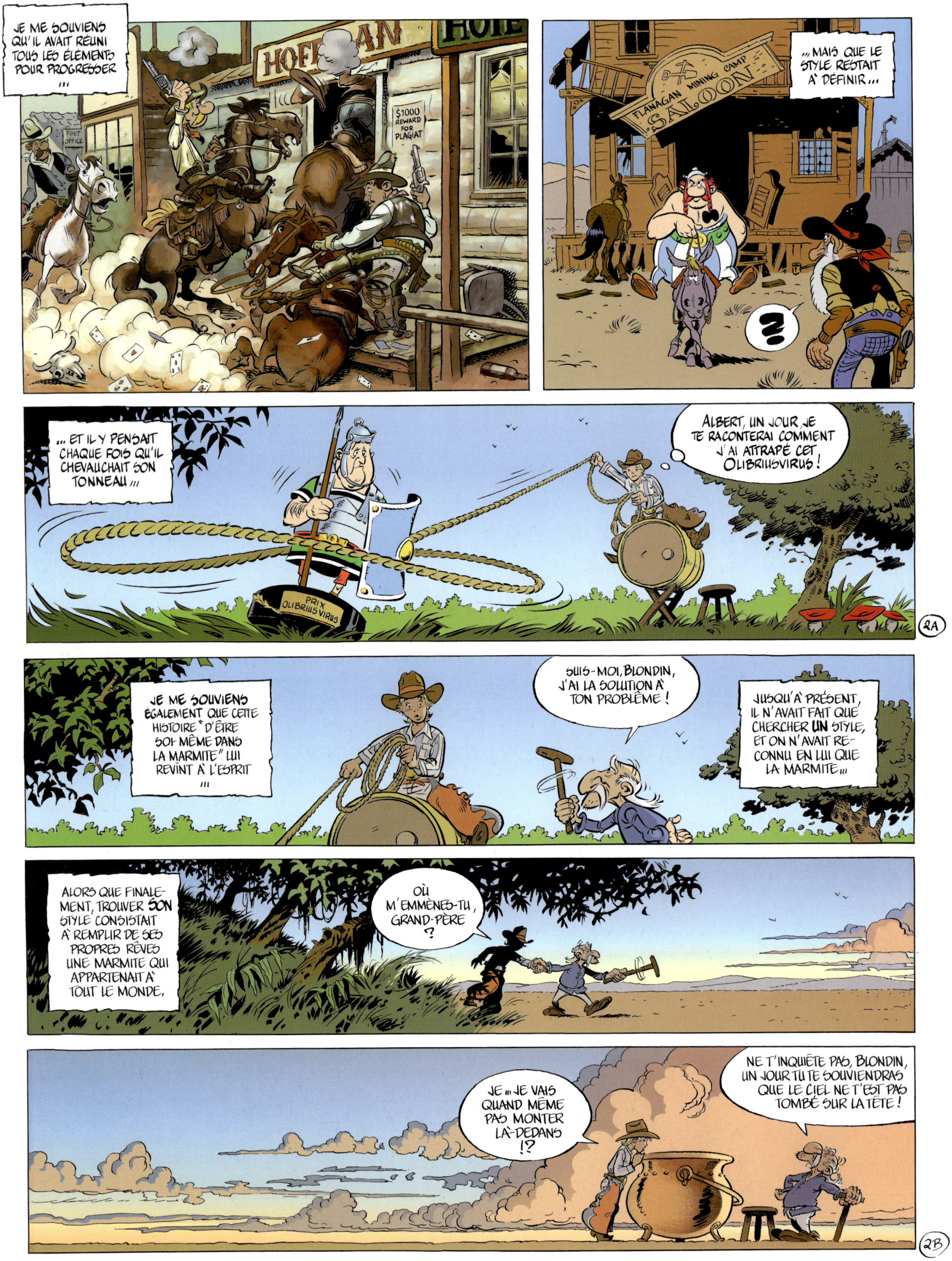
JE ME SOUVIENS QU'IL AVAIT RÉUNI TOUS LES ÉLÉMENTS POUR PROGRESSER ...
POST OFFICE
$1000 REWARD FOR PLAGIAT
FLANAGAN MINING CAMP SALOON
... MAIS QUE LE STYLE RESTAIT À DÉFINIR ...
?
... ET IL Y PENSAIT CHAQUE FOIS QU'IL CHEVAUCHAIT SON TONNEAU ...
ALBERT, UN JOUR JE TE RACONTERAI COMMENT J'AI ATTRAPÉ CET OLIBRIUSVIRUS !
PRIX OLIBRIUSVIRUS
2A
JE ME SOUVIENS ÉGALEMENT QUE CETTE HISTOIRE "D'ÊTRE SOI MÊME DANS LA MARMITE" LUI REVINT À L'ESPRIT ...
SUIS-MOI, BLONDIN, J'AI LA SOLUTION À TON PROBLÈME !
JUSQU'À PRÉSENT, IL N'AVAIT FAIT QUE CHERCHER **UN** STYLE, ET ON N'AVAIT RECONNU EN LUI QUE LA MARMITE ...
ALORS QUE FINALEMENT, TROUVER **SON** STYLE CONSISTAIT À REMPLIR DE SES PROPRES RÊVES UNE MARMITE QUI APPARTENAIT À TOUT LE MONDE.
OÙ M'EMMÈNES-TU, GRAND-PÈRE ?
JE ... JE VAIS QUAND MÊME PAS MONTER LÀ-DEDANS !?
NE T'INQUIÈTE PAS, BLONDIN, UN JOUR TU TE SOUVIENDRAS QUE LE CIEL NE T'EST PAS TOMBÉ SUR LA TÊTE !
2B

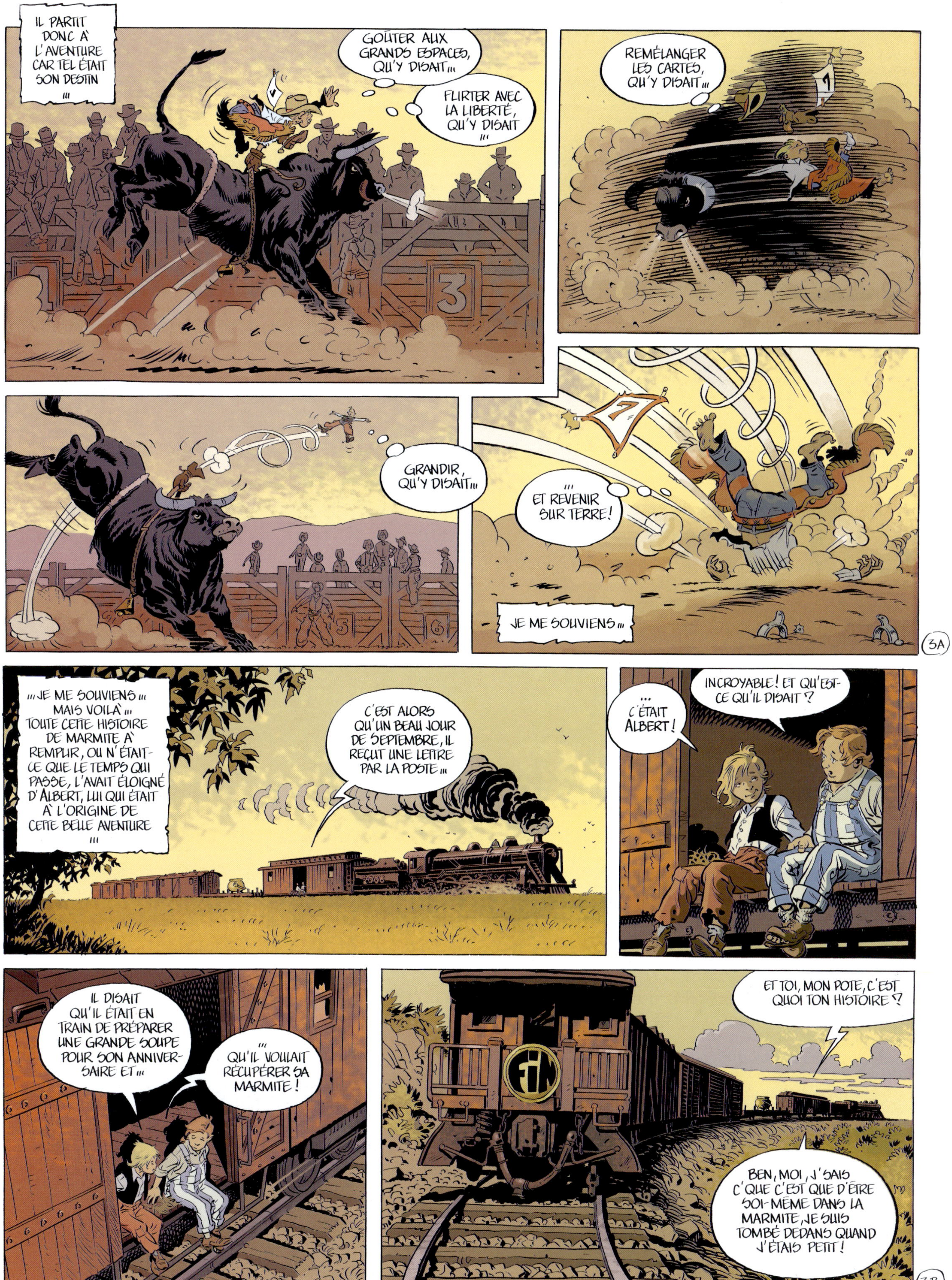

COLORISTE : MEEPHE VERSAEVEL

IMMONEN

Dessinateur canadien aux styles variés Stuart IMMONEN a dessiné d'étonnantes aventures de Superman. Intelligence et talent.

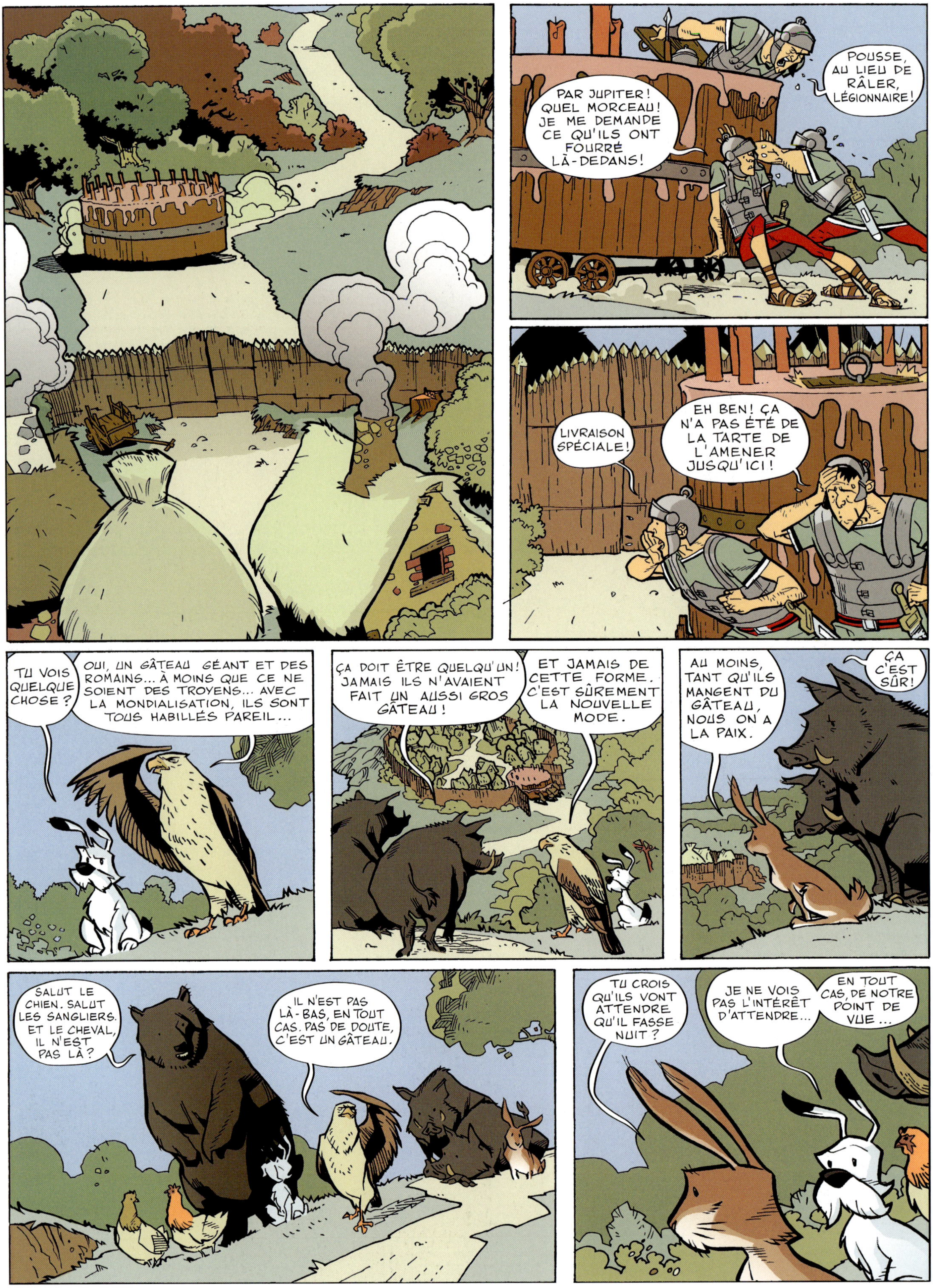

TEXTES: KATHRYN IMMONEN - DESSINS: STUART IMMONEN

TIBET

TIBET est le créateur avec A. P. DUCHATEAU du meilleur détective de la BD, Ric Hochet, en 1955 dont la maxime est «qui dort dîne» !

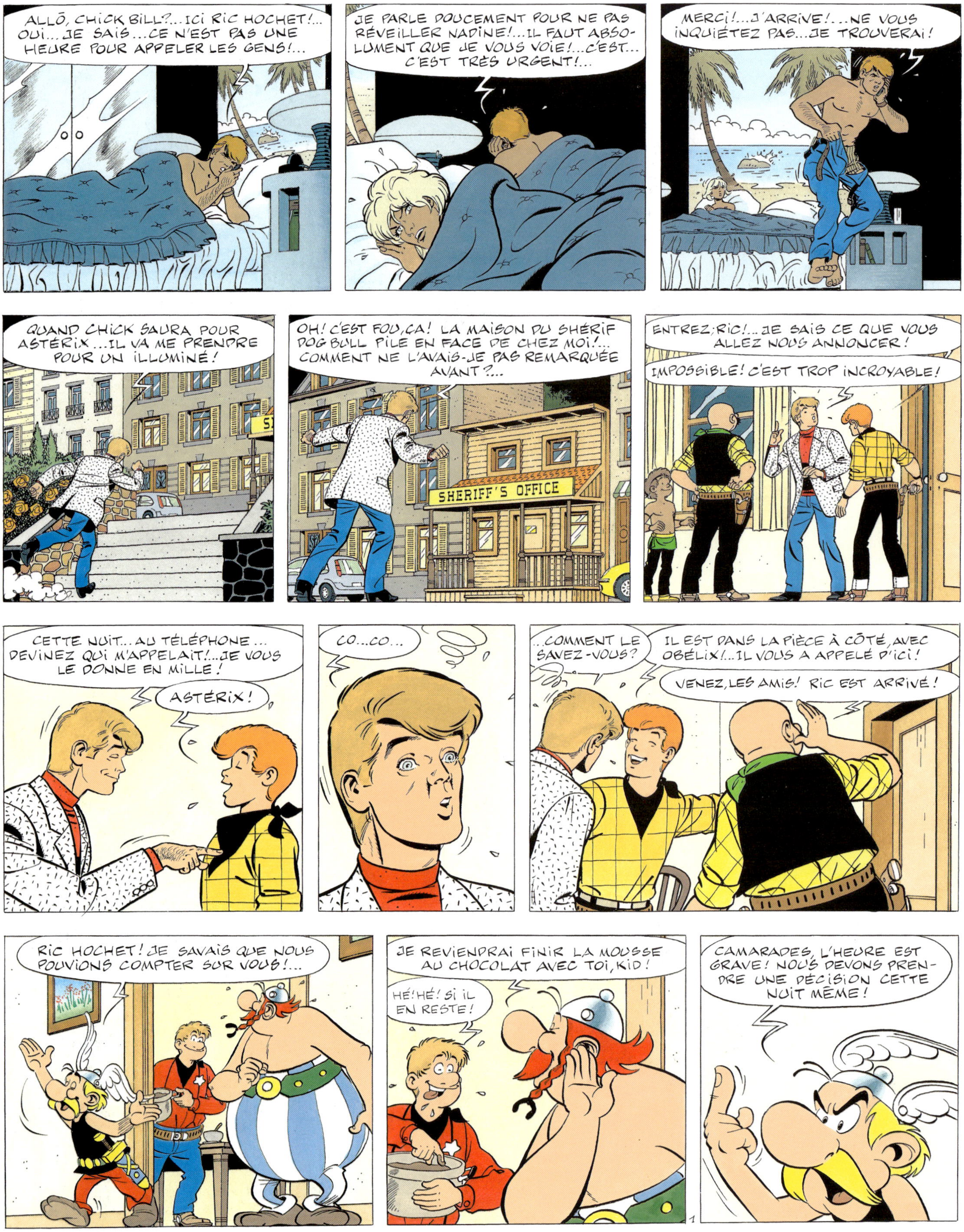

MONSIEUR UDERZO, LE GRAND ALBERT UDERZO, VA CÉLÉBRER TRÈS PROCHAINEMENT SES 80 ANS!
ON VA FAIRE LA FÊTE, ALORS?
NON, OBÉLIX! PAS LA FÊTE POUR NOUS! NOUS NE VIVONS PAS DANS LE MÊME SIÈCLE QUE LUI!
BEN... ET EUX, ALORS?
EUX, COMME NOUS, SONT DES PERSONNAGES IMAGINAIRES!... ON FAIT CE QU'ON VEUT ENTRE NOUS! ON SE RENCONTRE SI ON LE SOUHAITE! NOUS SOMMES DES INTEMPORELS, TU COMPRENDS?
OUI! OUI! OUI!
NON!
RIC, NOUS AVONS BESOIN DE VOUS!... C'EST POUR LE CADEAU!
VOUS VOULEZ QUE JE LUI OFFRE SON CADEAU D'ANNIVERSAIRE?... DIABLE! FICHTRE! SAPRISTI!... QUE VOULEZ-VOUS QUE JE LUI OFFRE?... IL N'A PAS DE BESOIN!... UN CRAYON ET UNE GOMME... ET LE VOILÀ LE PLUS HEUREUX DES HOMMES!
C'EST VRAI, ÇA!
VOICI SON CADEAU! UN FLACON DE POTION MAGIQUE!... C'EST PANORAMIX QUI A EU L'IDÉE!... VOUS QUI ÊTES DE SON SIÈCLE, ALLEZ LUI PORTER DEMAIN À LA PREMIÈRE HEURE!
DITES-LUI QUE C'EST DE LA PART DE TOUS SES AMIS DE LA BANDE DESSINÉE!
AVEC JOIE! COMPTEZ SUR MOI!
TOUT DE MÊME, DITES-LUI DE NE PAS ABUSER!... UNE PETITE GOUTTE DE TEMPS EN TEMPS... PAS PLUS... À SON ÂGE...
BON AVINER-SAIRE ALBERT
AAAAAAAH!
QUOI!? QU'EST-CE QU'IL Y A, RIC?...
UN RÊVE! J'AI FAIT UN RÊVE COMPLÈTEMENT ABSURDE!... J'Y AI CRU!... C'EST RIDICULE!
CE QUI EST RIDICULE, C'EST DE DORMIR AVEC SA VESTE!
80 "SMACK" AFFECTUEUX! TICOLE
2
TIBET-2006-
DÉCORS et COULEURS F. et M. BRICHAU

VICAR

Artiste chilien, VICAR dessine les aventures de Donald depuis 1971, à raison de plus de 200 pages annuelles ! Albert pourra-t-il suivre ?

UN CANARD À L'ORANGE!!
REPOSE-LE TOUT DE SUITE! PAS QUESTION DE CANARD À L'ORANGE. C'EST UN CANARD EXTRAORDINAIRE, IL PARLE!
C'EST VRAI QUE TU PARLES?
BIEN SÛR QUE JE PARLE! CE QUI ME SURPREND, C'EST QUE TOI, TU PARLES. GROSSE BRUTE! BARBARE!...
ON NE PARLE PAS SUR CE TON À UN GAULOIS, CANARD.
TU ES GAULOIS?... NE ME DIS PAS QUE NOUS SOMMES EN GAULE? MES NEVEUX LISENT DES HISTOIRES DE GAULOIS QUI LES FONT BIEN RIGOLER!
ET TOI, D'OÙ VIENS-TU?
DE DONALDVILLE, AU XXIE SIÈCLE. NOUS VOYAGEONS DANS LE TEMPS AVEC LE VAISSEAU DE GÉO TROUVETOU. NOUS ÉTIONS EN ROUTE POUR LE JURASSIQUE, MAIS IL Y A EU UNE PANNE. GÉO EST EN TRAIN DE RÉPARER.
TOUT EST EN ORDRE! MAIS, DONALD, QUI SONT DONC TES AMIS?
CE SONT DES GAULOIS: ASTÉRIX ET OBÉLIX.
PAR BÉLÉNOS, L'OISEAU PARLE AUSSI!
?!?
C'EST UN ORDINATEUR. DANS LE FUTUR, IL Y AURA DES CIRCUITS, DES BOUTONS ET DES PUCES PARTOUT.
C'EST PETIT, MAIS CA MARCHE TRÈS BIEN.
PAS SUR CE BOUTON!
OBÉLIX! QUEL MALADROIT!
CE N'EST PAS GRAVE. NOUS ALLONS ALLER À DONALDVILLE, PUIS JE VOUS RAMÈNERAI.
BRAVO, GÉO, JUSTE DEVANT LE COFFRE!
COMME CA, VOUS CONNAÎTREZ TOUTE LA FAMILLE...
VA-T-EN!
ONCLE PICSOU ENTREPÔT D'ARGENT
PAR TOUTATIS!!
ASTÉRIX, OBÉLIX, SOYEZ LES BIENVENUS!
S'IL VOUS PLAÎT, DONNEZ-NOUS UN AUTOGRAPHE!
CA ALORS! LES CANETONS PARLENT AUSSI?!
VOUS LES CONNAISSEZ?

!?!
NOUS AVONS TOUTE LA COLLECTION!
?!?
QU'EST-CE QUE CA FAIT D'ÊTRE CÉLÈBRE DANS LE FUTUR??
ILS SONT ICI!!! DIS VITE À TOUT LE MONDE DE VENIR.
JE CROIS QUE VOICI D'AUTRES FANS.
ILS SONT FOUS, À DONALDVILLE!
DEUX HEURES PLUS TARD.
ASTÉRIX, J'AI MAL AU DOIGT ET J'AI FAIM.
PAS QUESTION DE MANGER, OBÉLIX. N'OUBLIE PAS LE BANQUET EN L'HONNEUR D'ABRARACOURCIX.
PAR TOUTATIS, JE N'AI TOUJOURS PAS DE CADEAU!
DANS UN MONDE OÙ TOUT VA VITE, ON TROUVE VITE LES SOLUTIONS.
NE T'INQUIÈTE PAS, OBÉLIX, NOUS Y SERONS DANS UNE MINUTE.
313
NOUS VOULONS UN BEAU CADEAU POUR UN CHEF DE TRIBU.
?
QU'EST-CE QUE C'EST?
C'EST UN MATCH DE FOOTBALL, MONSIEUR.
MAIS, ASTÉRIX, QUE FERAIT-IL D'UNE TÉLÉ?
CE N'EST PAS LA BOÎTE QUE JE VEUX.
DIX MINUTES PLUS TARD, NOS AMIS SONT REPARTIS...
APRÈS LE BANQUET, LE CADEAU D'ASTÉRIX.
TIBI EX ANIMO DIEM NATALEM GRATULOR!
TU ENTENDS? LA GARNISON CHANTE HAPPY BIRTHDAY POUR MOI!
NE TE LAISSE PAS AVOIR. TOUT CE QUE VEULENT LES ROMAINS, C'EST JOUER AVEC NOUS! ET CA, JAMAIS!
FIN

GRATON

Jean GRATON donne naissance à Michel Vaillant en 1957, une des séries mythiques du journal «Tintin». Son fils Philippe a repris le volant.

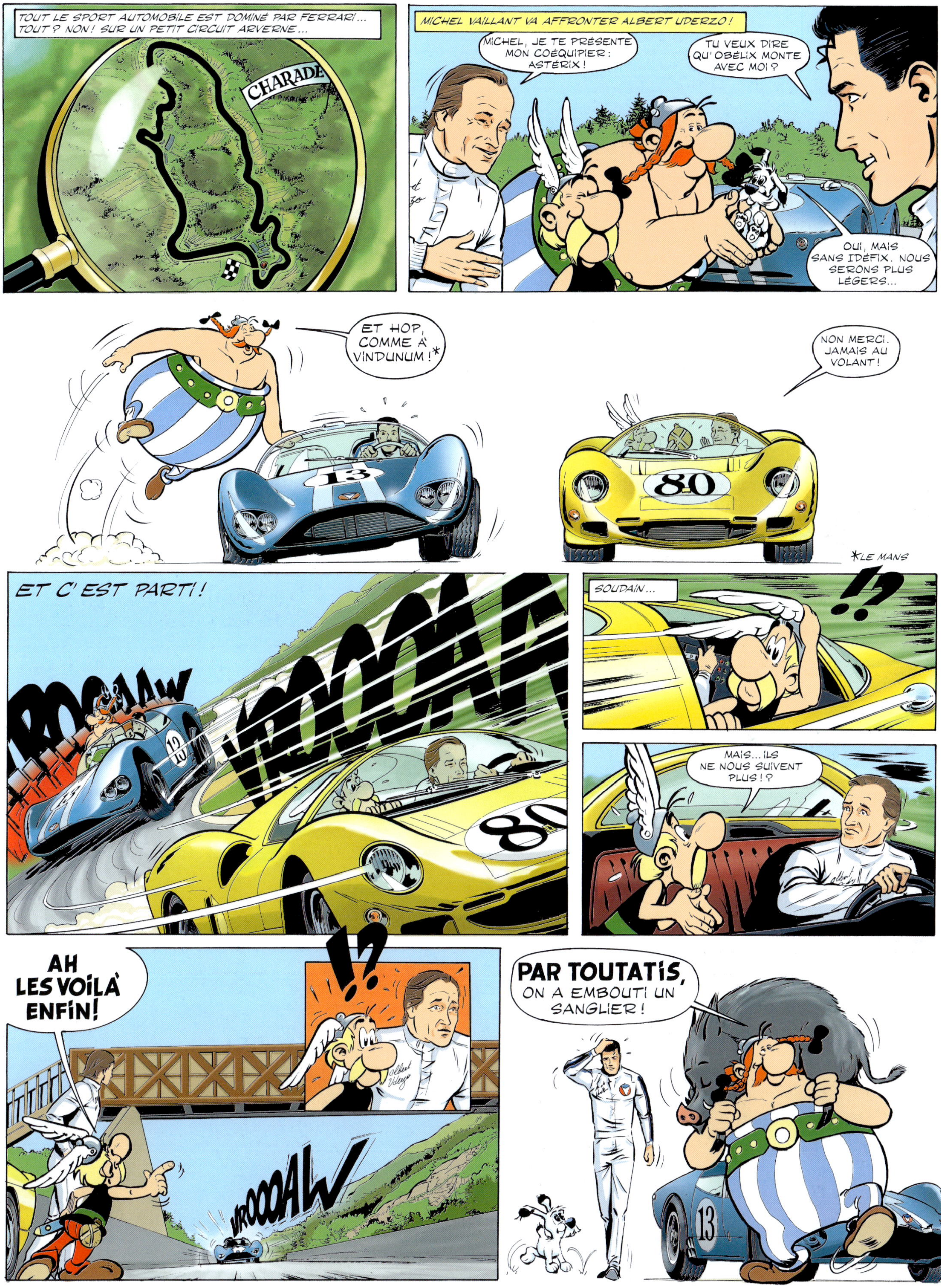

SCÉNARIO JEAN ET PHILIPPE GRATON, DESSIN Studio Graton

DERIB

PAS LÀ NON PLUS ...
CARRIE
OBÉLI
ATTENT
SORTIE
MENHI
ET TU DIS QUE TU N'AS PAS VU OBÉLIX ?
PAS DEPUIS NOTRE DERNIER BANQUET.
MAIS... OÙ EST-IL PASSÉ ?
OBÉLIX !
OBÉLIX !
AH, J'AI UNE IDÉE !
IL A PEUT-ÊTRE VOULU RENDRE VISITE À DE VIEUX COPAINS ...
IL Y A QUELQU'UN ?

HÉ, MAIS VOILÀ ASTÉRIX !
OUMPAH-PAH ! DE LA PÂTE FEUILLETÉE !
RAVI DE TE VOIR !
UGH, MON FRÈRE !
ET MOI DONC !
MES AMIS, JE CHERCHE OBÉLIX ...
VOUS NE L'AVEZ PAS VU ?
LE GROS VISAGE PÂLE ? NON !
À MA CONNAISSANCE, MON CHER, OBÉLIX N'EST PAS ICI ...
MAIS ALORS, OÙ PEUT-IL BIEN ÊTRE ?
?
J'AI UNE AUTRE IDÉE ... SALUT !
?
IL DOIT SÛREMENT ÊTRE ICI ...
BANG
TCHIAOOUIII
AÏE ! PAR TOUTATIS ! LE CIEL ME TOMBE SUR LA TÊTE !!
2E-L

TANGUY ! LAVERDURE ! JE VOUS SALUE !
ÇA ALORS ! ASTÉRIX !
QUE NOUS VAUT LE PLAISIR DE TA VISITE ?
EN FAIT, JE CHERCHE OBÉLIX, IL N'EST PAS ICI ?
EUH... NON !
S'IL ÉTAIT VENU, NOUS L'AURIONS REMARQUÉ, TU NE CROIS PAS ?
ÉVIDEMMENT !... JE NE SAIS VRAIMENT PLUS OÙ LE CHERCHER...
NE T'INQUIÈTE PAS, TU VAS SÛREMENT LE RETROUVER...
ET SI NOUS LE VOYONS, NOUS LUI DIRONS QUE TU LE RECHERCHES.
MMH !...
MERCI LES GARS !
PSST, ASTÉRIX !
?!
OBÉLIX ! MAIS OÙ ÉTAIS-TU PASSÉ ?...
CHUUT !
SUIS-MOI, C'EST UNE SURPRISE !...
?
JE NE SAVAIS PAS QUOI OFFRIR À ALBERT POUR SON ANNIVERSAIRE, PUIS, J'AI EU UNE VISION, ET VOILÀ LE RÉSULTAT ! TU CROIS QU'IL AIMERA ?
MAIS ENFIN, OBÉLIX, ÇA RESSEMBLE À QUOI ?
3
UN TRÈS JOYEUX ANNIVERSAIRE ALBERT ! AVEC TOUTE MON AMITIÉ.
Claude DERIB

BATEM est principalement connu pour être le père adoptif du «Marsupilami» dont il a réalisé 9 albums, après la disparition de FRANQUIN, le père. HOUBA-TEM !

BATEM

FORGES

FORGES est un éditorialiste et humoriste espagnol, plus particulièrement connu pour son travail dans «El País».

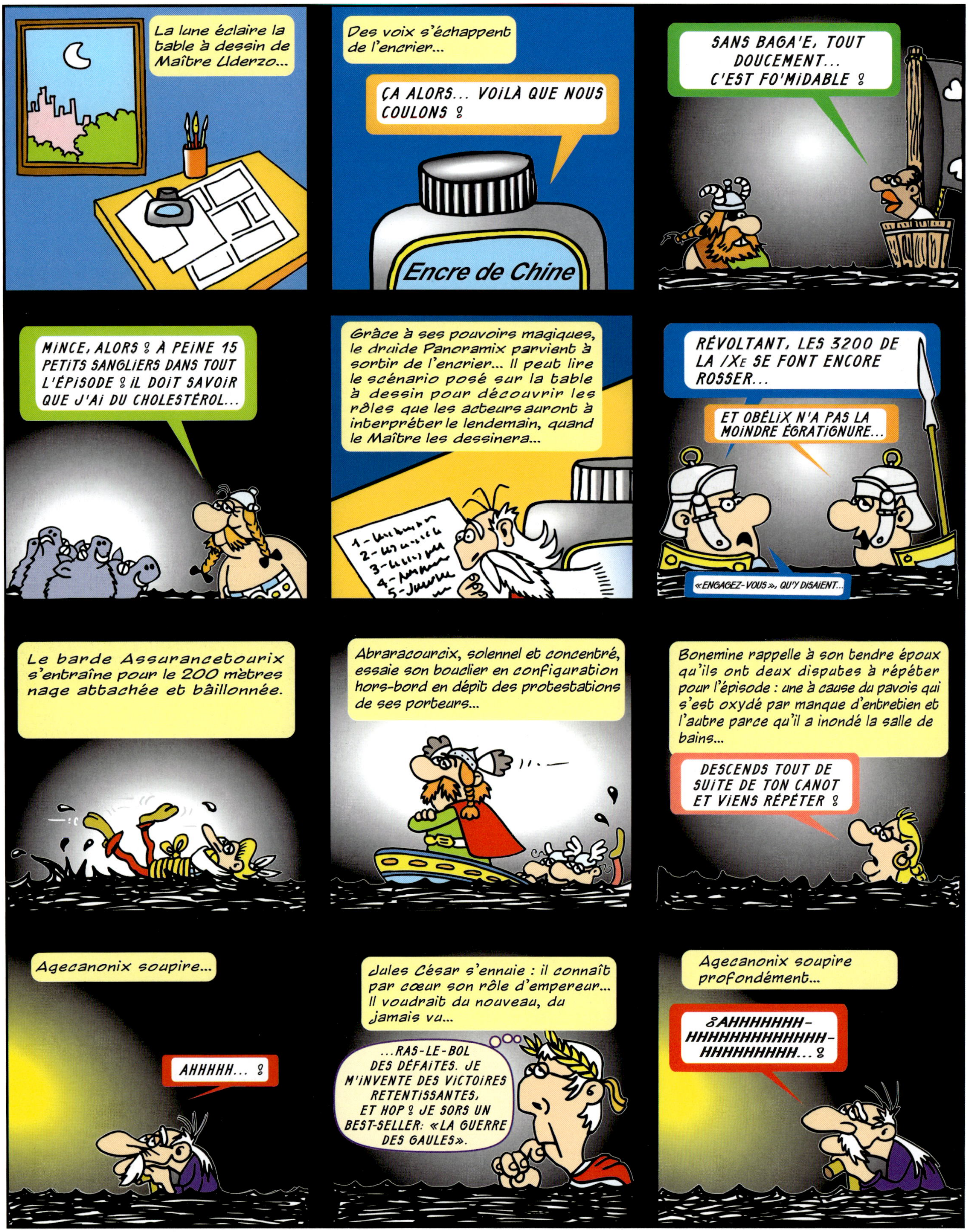

Ordralfabétix a pêché une sepia cradinga (une grosse tâche, en gaulois), un drôle de poisson qui vit dans l'encre de Chine...
ELLE EST FRAÎCHE MA SÉPIA !
ET TA SŒUR, ELLE EST FRAÎCHE ?!
Une main anonyme essaie de mettre le feu à la lyre abandonnée du barde...
Bélénos tente de joindre Toutatis par cornophone : ils doivent se préparer pour les habituelles invocations... Mais Toutatis est coincé dans une bulle au fond de l'encrier.
ALLÔ ? JE NE T'ENTENDS PAS, TU ES DANS UN TUNNEL ?
Le valeureux chef ibère Soupalognon y Crouton, qui fait une apparition dans l'épisode, répète sa grande tirade...
OLÉ !
Agecanonix ne soupire plus...
... sa ravissante épouse est enfin prête...
Astérix s'aperçoit que l'heure a tourné : la répétition est terminée...
PAR TOUTATIS, IL EST 6 HEURES !
Idéfix est fou de joie : le nouvel épisode lui réserve un os de dinosaure...
Le forgeron Cétautomatix répète la quasi-asphyxie que vont lui occasionner les effluves des poissons d'Ordralfabétix...
...DE... DE... L'AAAAAAAAAIR...
CRISSS
IL OUVRE LE BOUCHON ! LES ENFANTS, JE COMPTE SUR VOUS POUR ÊTRE DIGNES ET CONVAINCANTS !...
ALLEZ, SALUT !... J'Y VAIS... !
Le soleil illumine la table à dessin de Maître Uderzo...
AVEC AFFECTION
ET QUE VOUS FÊTIEZ
BEAUCOUP ENCORE !
TON PIRE ÉLÈVE

FIN

LLOYD

David LLOYD est un créateur britannique célèbre pour sa série «V for Vendetta» scénarisée par Alan MOORE et brillamment adaptée au cinéma.

DONNONS-LUI LE NOM DE LA HUTTE VIDE NUMÉROSIX !
PARFAIT ! "TRAVAIL EN PROGRÈS",
COMME DIRAIT JOLITORAX !
IL A BU DE LA SOUPE, MAIS IL N'EST TOUJOURS PAS BAVARD !
JE NE PEUX PAS RESTER ICI... JE NE PEUX PAS...
NUMÉROSIX, NOUS NOUS SOMMES RÉUNIS ET NOUS... ENFIN... J'AI DÉCIDÉ QUE TU POUVAIS RESTER !
?
QUOI ? NON. JE NE VEUX PAS ! PAS ICI !
TSS ! QUEL INGRAT !
JE M'EN VAIS !
EH BIEN, ON NE SAIT TOUJOURS PAS D'OÙ IL VIENT, MAIS LUI A L'AIR DE SAVOIR OÙ IL VA.
IL EST FOU CET ÉTRANGER !
TOC TOC
À MOINS QUE CE NE SOIT L'ODEUR DU POISSON D'À-CÔTÉ...
ATTENDEZ...
JE SAVAIS BIEN QUE JE L'AVAIS DÉJÀ VU !
C'EST...
PAPA !
PAPA ! C'EST MOI ! ASTÉRIX !
TU ME RECONNAIS ?
MON... MON FILS ?
ALORS JE SUIS...
CHEZ MOI ?
OUI !
ALLONS FAIRE LE TOUR DU VILLAGE... LA MÉMOIRE VA TE REVENIR !
HMM... IL FAUT ÊTRE FOU POUR DESSINER ÇA !
REGARDE ! C'EST OBÉLIX ! ET LÀ-BAS C'EST LA HUTTE D'ASSURANCETOURIX...
FIN

KUIJPERS

Dessinateur et scénariste néerlandais, Henk KUIJPERS imagine Franka en 1974 et depuis ne s'intéresse plus qu'aux jolies dames ! Chut...

TARQUIN & ARLESTON

Avec la série «Lanfeust de Troy» créée en 1994, ARLESTON et TARQUIN *mêlent avec gourmandise, mais sans vergogne, humour, aventure et fantastique.*

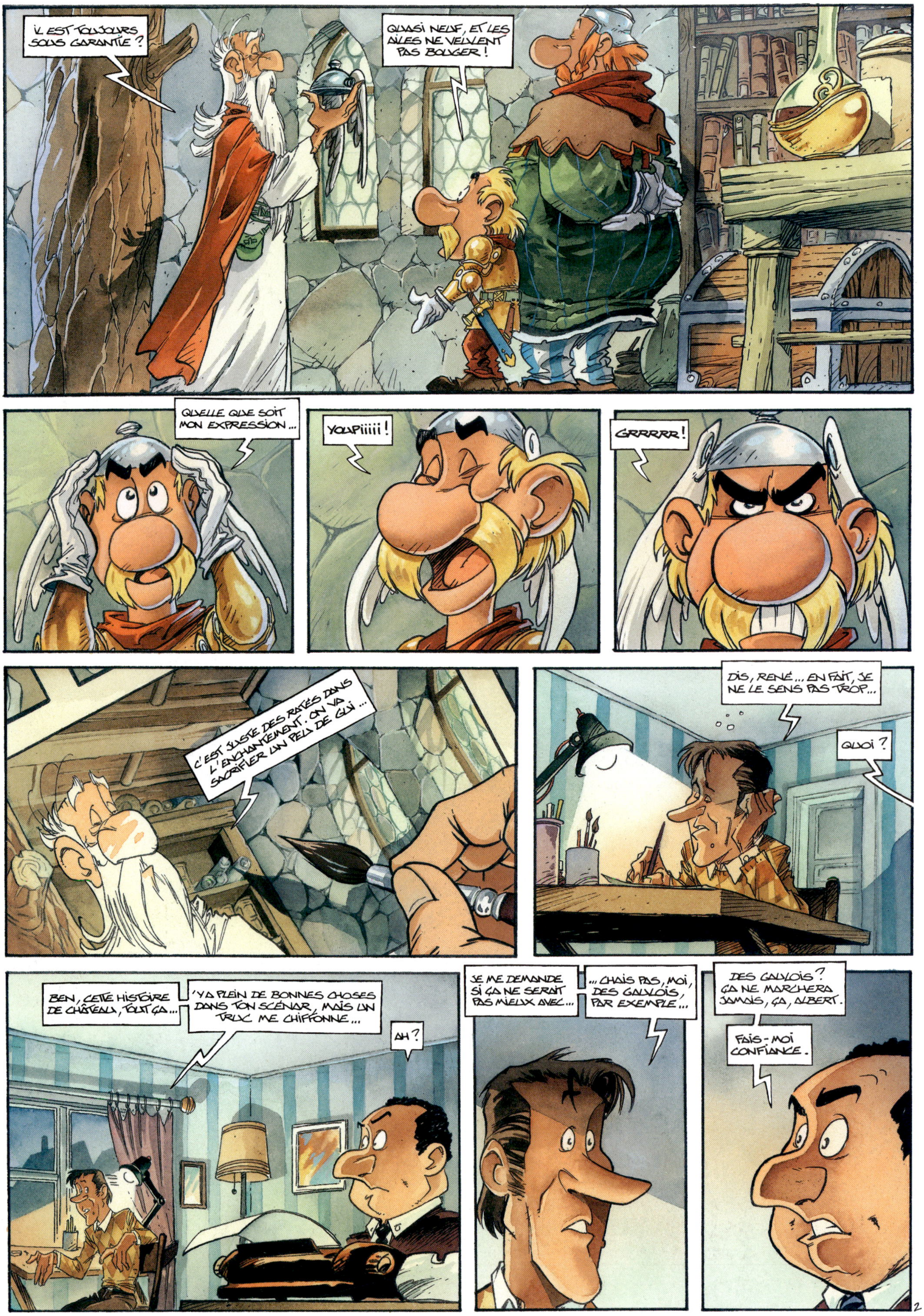
IL EST TOUJOURS SOUS GARANTIE ?
QUASI NEUF, ET LES AILES NE VEULENT PAS BOUGER !
QUELLE QUE SOIT MON EXPRESSION...
YOUPIIIII !
GRRRRR !
C'EST JUSTE DES RATÉS DANS L'ENCHANTEMENT. ON VA SACRIFIER UN PEU DE GUI...
DIS, RENÉ... EN FAIT, JE NE LE SENS PAS TROP...
QUOI ?
BEN, CETTE HISTOIRE DE CHÂTEAU, TOUT ÇA...
Y'A PLEIN DE BONNES CHOSES DANS TON SCÉNAR, MAIS UN TRUC ME CHIFFONNE...
AH ?
JE ME DEMANDE SI ÇA NE SERAIT PAS MIEUX AVEC...
...CHAIS PAS, MOI, DES GAULOIS, PAR EXEMPLE...
DES GAULOIS ? ÇA NE MARCHERA JAMAIS, ÇA, ALBERT.
FAIS-MOI CONFIANCE.

FIN

Astérix
AMBASSADEUR AUPRÈS DU DÉFENSEUR DES ENFANTS

Dominique VERSINI, Défenseur des Enfants, avec Albert UDERZO
Paris, février 2007
Photo : PETROV AHNER

Dans la lignée de la Déclaration universelle des droits de l'homme, l'ONU a adopté en 1989 la Convention internationale des droits de l'enfant qui précise les droits fondamentaux que tous les Etats doivent garantir durant l'enfance et l'adolescence et notamment le droit de vivre en famille, le droit à recevoir une éducation, le droit à la santé, le droit à ne pas subir de violence.

La plupart des pays européens ont créé des autorités indépendantes afin de promouvoir et défendre – en toute impartialité - les droits des enfants auprès des institutions et des personnes privées. Le législateur français a créé en mars 2000 son Défenseur des enfants à qui il a confié 3 missions essentielles:

- 1ère mission : traiter les « réclamations » concernant un enfant dont les droits n'auraient pas été respectés : l'enfant lui-même, un membre de sa famille, un service médical ou social ou une association reconnue d'utilité publique peuvent saisir directement le Défenseur des enfants qui appréciera s'il y a atteinte à un droit de l'enfant et mettra en place les actions de médiation ou d'intervention appropriées. Une équipe composée de juristes, travailleurs sociaux, psychologues et d'un magistrat traite ces dossiers, assistée d'un réseau de correspondants territoriaux qui représentent le Défenseur des enfants en métropole et en outre-mer.

- 2ème mission : repérer les dysfonctionnements collectifs portant atteinte à l'application des droits de l'enfant, dans tous les domaines de sa vie familiale ou sociale et faire des propositions de réformes de textes législatifs ou réglementaires à l'occasion de la remise du rapport annuel au Président de la République et au Parlement lors de la journée internationale des droits de l'enfant, le 20 novembre.

- 3ème mission : promouvoir les droits de l'enfant dans tous les lieux consacrés à l'enfance. Une équipe de « jeunes ambassadeurs du Défenseur des enfants » est chargée d'assurer l'information des droits issus de la convention internationale des droits de l'enfant notamment dans les collèges, les centres aérés, les services hospitaliers. Recrutés en partenariat avec Unis-Cités, âgés de 18 à 25 ans, ces jeunes ont choisi d'effectuer leur service civil volontaire au profit d'une action utile au service des enfants.

A l'occasion de ce très bel album hommage dédié à Albert Uderzo, celui-ci a proposé de mettre Astérix, l'un de ses personnages les plus emblématiques, au service des droits de l'enfant, afin de contribuer à donner à chaque enfant la connaissance de ses droits fondamentaux.

Merci de nous aider à rappeler à tous qu'avant de devenir un adulte chaque enfant a le droit d'être aimé et respecté, d'être nourri et soigné, et d'être protégé de la violence ... mais aussi de rêver, de rire et de jouer.

Dominique VERSINI
Défenseur des Enfants

www.defenseurdesenfants.fr
www.asterix.com/droits-des-enfants